10
蝸牛くも
Kumo Kagyu
插畫／神奈月昇
哥布林殺手
GOBLIN SLAYER!
He does not let anyone roll the dice.

哥布林殺手

人物介紹

CHARACTER PROFILE

——保護、治癒、拯救。『地母神的三聖言』

女神官 Priestess

與哥布林殺手組隊的少女。因心地善良，常被哥布林殺手魯莽的行動耍得團團轉。

——換言之，我等於是對他們而言的哥布林。

哥布林殺手 Goblin Slayer

在邊境小鎮活動的怪人冒險者。單靠討伐哥布林就升上銀等（位列第三階）的罕見存在。

——沒有筆也沒有紙，又怎麼有辦法冒險？

櫃檯小姐 Guild Girl

在冒險者公會工作的女性。總是被率先擊退哥布林的哥布林殺手所助。

——無論何時，對她而言最重要的，都是天氣、家畜、農作物，還有他。

牧牛妹 Cow Girl

在哥布林殺手所寄宿的牧場工作的少女。也是哥布林殺手的青梅竹馬。

——無知的人才有福。因為知道就是極致的喜悅。『妖精格言』

妖精弓手 High Elf Archer

與哥布林殺手一起冒險的妖精少女。擔任獵兵（Ranger）職務的神射手。

© Noboru Kannatuki
10
哥布林殺手
GOBLIN SLAYER
He does not let anyone roll the dice.

一串串的葡萄　乃吉祥之物
豐饒的山丘上　繁花萌芽
新翅飄舞於空中　秋天的滿月
是地母神大人　胸前的裝飾

百花齊放　若能結實纍纍
便與所愛之人　共度兩晚宿星夜
黎明的鐘聲　森林中的飛鳥
地母神大人的手指　輕輕撫過

又甜又苦的　那一滴
是於心中亮起的　燈火
雙月與　夜空中流轉的繁星
是地母神大人的　幸福之詩

Contents

GOBLIN SLAYER!

He does not let anyone roll the dice.

「鍛鍊自己，揮刀屠戮。會出血的就不是敵手。」——鋼的祕密之一端

重戰士 Heavy Warrior

隸屬於邊境之鎮冒險者公會的銀等級冒險者。和女騎士等人一同組成邊境最棒的團隊。

——龍是不會逃避的。

蜥蜴僧侶 Lizard Priest

與哥布林殺手一起冒險的蜥蜴人僧侶。

——無論寶石還是金屬，琢磨前都是石塊。這世上沒有一個礦人，會用外表來判斷事物。

礦人道士 Dwarf Shaman

與哥布林殺手一起冒險的礦人術師。

「愛並非對望，而是並肩望向同一個去處。」——某位詩人

劍之聖女 Sword Maiden

水之都的至高神神殿大主教，同時也是過去和魔神王一戰的金等級冒險者。

我不想讓值得尊敬的敵手，變成明天的朋友。至少今天還不行。

長槍手 Lancer

隸屬邊境小鎮冒險者公會的銀等級冒險者。

——神祕與愛，愈透過舌尖編織就愈鬆散，更不用說是女性之美了。

魔女 Sorceress

隸屬邊境小鎮冒險者公會的銀等級冒險者。

一串串的葡萄　乃吉祥之物
豐饒的山丘上　繁花萌芽
新翅飄舞於空中　秋天的滿月
是地母神大人　胸前的裝飾

百花齊放　若能結實纍纍
便與所愛之人　共度兩宿星夜
黎明的鐘聲　森林中的飛鳥
地母神大人的玉指　輕輕撫過

又甜又苦的　那一滴
是於心中亮起的　燈火
雙月與　夜空中流轉的繁星
是地母神大人的　幸福之詩

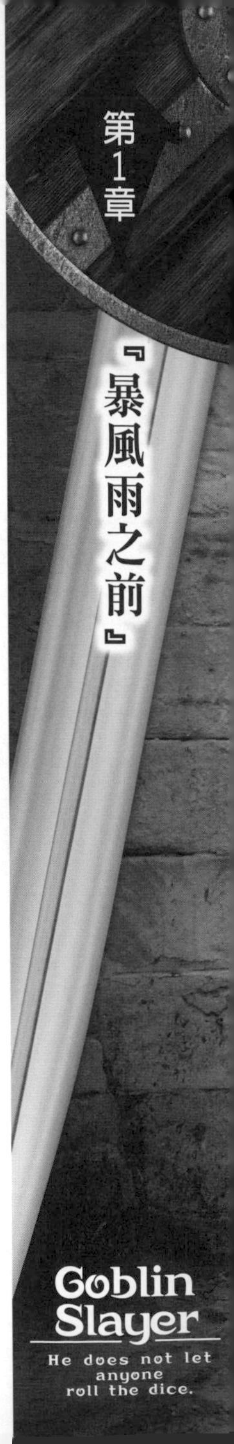
Goblin Slayer
He does not let anyone roll the dice.

第1章 『暴風雨之前』

凶猛的下顎近在眼前，女神官「哇!?」尖叫著被撲倒在草叢上。

「嗚，啊、啊……!」

利牙用力咬住她反射性擋在面前的錫杖。

骯髒的唾液從牙齒滴到小巧的臉蛋上，令她心生畏懼。

被怪物——雙眼充血，身體異常巨大的惡魔犬——魔狼（Warg）咬到就完了。

「唔、咕……呃……!」

女神官用雪白的腿踢向空中，試圖讓逐漸逼近的牙齒盡量遠離自己。

魔狼那比女神官的脖子還粗的四肢，踩住纖細的身軀，抓向她的嫩肉。

「嗚、啊……!?」

拜鍊甲所賜，她沒有受傷。肺部及腹部被壓住，女神官發出近似喘息的呼氣聲。

氧氣不足，頭暈目眩。魔狼背後是昏暗的森林。

被踩在地上掙扎的模樣，儼然是等著落入敵人腹中的獵物，看起來十分狼狽。

然而，女神官仍拚命抵抗，竭盡自己的全力。大可稱之為明智之舉。

因為她明白，只要撐過這一步棋、一瞬間就好。

「GARW!?」

下一刻，魔狼被人從旁往上一踢，哀號著從女神官身上滾落。

「沒事吧。」

「沒……沒事！」

女神官邊咳嗽，邊調整呼吸邊抬頭，眼前是一名冒險者。

那人穿戴骯髒的皮甲、廉價的鐵盔。拿著一把不長不短的劍，手上綁著一面小圓盾。

「哥布林殺手先生，牠還能動……！」

「我知道。」

「GAAWRG！」

魔狼高聲大吼著猛撲過來，他用盾牌使勁砸向牠的鼻子。

「哼。」

發出哀號的魔狼在地面滾動，他衝過去將劍刺進喉嚨，使勁一剜，給予致命一擊。

哥布林殺手用盾緊壓著魔狼，阻止牠抵抗，直到牠斷氣才慢慢起身。

「……這一鬧讓他們察覺到了吧。」

「是的……大概。」

「變遲鈍了。」

女神官沒有回答，拍掉衣上的泥土及雜草站起。

兩人視線前方，是座彷彿在森林裡憑空出現的洞窟，洞口大大敞開。

入口堆著用垃圾及好幾種——人類恐怕也包含在內——骨頭搭成的怪塔。

穢物山散發出的惡臭，以及從洞窟內傳出的排泄物及性事氣味，玷汙了樹木的清香。

是哥布林的巢穴，連女神官都一目了然。

「薩滿……再加上看門狗並非一般的狼，而是魔狼，規模似乎挺大的呢。」

「對。」哥布林殺手不悅地說。「他們在埋伏。」

儘管這已成了用不著說明的慣例，兩位冒險者正在前往剿滅哥布林。

秩序和混沌勢力的戰爭永無止境。

曾為秩序地盤的場所，如今僅僅是無法歸類在任何一邊的灰色地帶。

人們在當地建立村莊，想要擴展生活範圍，有時當然會遭遇怪物。

如果只是一、兩隻哥布林，村裡的年輕人應該就能擊退。

藉此獲得自信的他們當上冒險者，也是常有的事。

兩年前的春天，女神官也是跟那樣的冒險者們，共同經歷最初的冒險。

一樣是剿滅哥布林。

若小鬼的數量多到村裡的年輕人應付不來，一旦出現災情，就輪到冒險者出馬了。

——已經……過了三年。

女神官躲在草叢裡，默默抬頭望向蹲在旁邊的他的鐵盔。

今年春天，是她和哥布林殺手這名奇妙的冒險者共同行動的第三年。

她也滿十七歲了，多少成長了一點——她是這麼想的，不曉得實際上究竟如何。

——我倒沒什麼感覺。

她微微苦笑，雙手握緊錫杖。

「要怎麼做？」

「有女人被抓。」他冷靜地說。「用煙把他們燻出來，減少數量吧。」

「好的，我來準備！」

女神官立刻點頭，從行囊裡搜出冒險者組合，取出釘子、鐵鎚和一捆繩子。

「出門別忘記帶……」

她用手帕摀住嘴巴，隔絕異味，躡手躡腳走到洞窟入口。

然後把釘子釘進地面，拉起繩子，再靜靜爬回草叢。

這段期間，哥布林殺手拔劍砍斷樹枝，收集起來。

女神官回來後，換他走向巢穴入口，將整堆枝葉扔到地上。

「剛砍下來的樹枝不適合當柴，但容易生煙，是好東西。」

是的。女神官笑著點頭，默默旁觀哥布林殺手敲打打火石。

他拿火種盒裡的油布引火，過沒多久，白煙就冒了出來。

放著不管，煙當然會被風吹散，搞不好會反過來燻到他們。

女神官眨眨被煙燻得睜不開的眼睛，熟練地舉起錫杖。

「『慈悲為懷的地母神呀，請以您的大地之力，保護脆弱的我等』！」

將靈魂與遙遠的天上連接，直接祈願，目不可視的力場如奇蹟般顯現而出。

保護虔誠信徒的聖壁（Protecion）防止白煙回流，將煙封在洞窟裡面。

之後再趁被煙燻出來的小鬼跑出洞窟，絆到陷阱時殺掉。

如此簡單的工作──之前在山寨也用過類似的手段。雖然那算是火攻。

「不過，煙不會飄到最深處。應該無法殲滅他們……而且也有人質在。」

無論如何都得殺進去。哥布林殺手低聲下達結論。

女神官用纖細的手指抵著嘴唇，「嗯」思考了一會兒，擔心地說：

「如果有其他出入口就好了……」

「過一陣子在外面繞一圈看看。小心背後。」

「是，我會仔細注意！」

我當然明白。女神官得意地挺起平坦的胸膛，戴好帽子。

這次的成員，只有他們兩個。

他剛才說自己「變遲鈍了」，是因為沒有其他夥伴（Party）同行吧。

若是平常，理應會由妖精（Elf）弓手一箭射死魔狼，整個團隊再慎重踏進巢穴。

礦人（Dwarf）道士會分析巢穴的構造，告訴他們有無後門及小鬼採掘的動向。

要是需要戰鬥，蜥蜴（Lizardman）僧侶會發出尖銳的怪鳥聲，一面揮舞爪爪牙尾吧。

如今要單靠他們兩個探索這座洞窟，女神官深深感受到其他人有多麼可靠。

——然而。

雖明白這樣想太過輕率，女神官心裡卻有點高興。

畢竟最近發生許多事，沒什麼機會跟他單獨出去剿滅哥布林。

——真的是，久違了呢。

女神官非常開心，忍不住頻頻偷看他的鐵盔。

「啊……」

這時，一陣甘甜香氣忽然傳入鼻尖。

她望向傳來香味的地方，果實渾圓飽滿的野葡萄正在隨風搖晃。

女神官見狀，猶豫著該如何開口、該不該伸手指向葡萄，嘴巴一開一合。

「怎麼了。」

因此哥布林殺手突然轉頭面對她時，她反射性屏住氣息。

「對、對了。」

等他主動詢問，女神官才終於開口，把手放到平坦的胸前，按住狂跳的心臟。

「之後大家要用早摘的葡萄……釀葡萄酒喔。」

「葡萄酒。」哥布林殺手重複了一遍。「地母神寺院釀的嗎。」

「是的！」女神官如同一隻搖著尾巴的小狗，不停點頭。

這個時候，他的視線已經移向巢穴，女神官紅著臉跟著看過去。

「是收穫祭也會用到的神酒。比不上在酒造神的神殿釀的酒就是了。」

「是嗎。」

「對呀。」女神官努力裝出自然的態度。

然後斜眼瞄向哥布林殺手。

「……等酒釀好，你願意喝嗎？」

「無妨。」哥布林殺手簡短回答。「不過，等殺完哥布林再說。」

要出來了。女神官「是！」堅定地回應他。

她抿緊雙脣，臉上卻帶著燦爛如花的微笑。

至於那些哥布林之後的下場，事到如今無需多言。

這是發生在夏天逐漸接近的暖日的事。

§

「啊，歡迎回來！」

「歡迎回來！」

打開公會的門，迎接兩人的是櫃檯小姐與牧牛妹明亮的聲音。

時間已過中午。公會裡也沒幾個冒險者，瀰漫一股慵懶的氣氛。

哥布林殺手大剌剌地走進去。

不曉得是放假、宿醉，還是同樣剛工作回來，稀稀落落的冒險者的視線刺在他身上。

但那也只持續了一瞬間。

「嗨，回來啦。」

「嗯。」

「又是哥布林？」

「對。」

「偶爾接點其他委託怎麼樣？」

「不。」

「不可以太勉強那孩子喔。」

「知道。」

冒險者紛紛隨意地跟「那個怪人」搭話。

即使以同一座城鎮為據點，冒險者與另外八成的同行，通常只會維持在記得住臉的關係。

反過來說，代表不管身在規模多大的大都市，都有辦法讓對方記住臉。

看見那獨特的廉價鐵盔，自然會隨口打聲招呼。

畢竟這男人雖然鮮少主動向人搭話，至少會回應人家。

給人的感覺並不壞。

事實上，哥布林殺手正規規矩矩地回應跟他說話的人，一面直接走向櫃檯。

「妳來了。」

這句話是對同樣坐在櫃檯的青梅竹馬少女說的。

「嗯！來送貨的。」

哥布林殺手語氣低沉冷淡，坐在櫃檯的牧牛妹卻笑著點頭，挺起豐胸。

放在她面前的茶杯「喀」一聲搖晃，杯中的茶蕩起淺淺的波紋。

牧牛妹見狀，「嘿嘿嘿」害羞地搔著頰，像要打馬虎眼似的補充一句：

「……送完貨後，我留在這喝了一下茶。」

「要保密喔？」

雖然這並不是在摸魚。櫃檯小姐豎起手指抵在唇上，兩位女孩輕笑出聲。

冬天那場戰鬥過後，很快就過了數個月。

乍看之下，牧牛妹……故鄉因小鬼而滅亡的村姑的表情，沒有一絲陰霾。

每次看到她的表情，哥布林殺手都會吐出一口氣，彷彿放下了心。

而對櫃檯小姐來說，重要的朋友沒有受傷、沒有心情沮喪，也是件值得高興的事。

——能一起喝茶聊天的朋友很寶貴的。

她清了下喉嚨，瞄向哥布林殺手身後。

「辛苦了。有沒有受傷？」

女神官小跑步追在哥布林殺手後面，點頭回答「沒有」。

向她搭話的人，人多面帶苦笑表示同情。

因為稚氣尚存——話雖如此，她也滿十七歲了——的少女，全身沾滿鮮血。

不過，女神官堅強地頂著一張透出疲態的臉，展露微笑。

「有點驚險就是了。」

「真的？」

看到她——不如說看到染成暗紅色的白色神官服，牧牛妹皺起眉頭。

「有話最好說清楚喔？」

牧牛妹瞇起眼睛，像在瞪人般望向旁邊的他。

「因為，不講清楚他就不會明白。」

這句類似說教的話令哥布林殺手「唔」了一聲，但他沒有反駁。

他沉默不語。牧牛妹知道這是他感到困擾時的習慣，忍住笑意。

哥布林殺手轉頭面向她們，硬是轉換話題：

「我要回報。」

「是是。剿滅哥布林的委託對吧，情況如何？」

櫃檯小姐也咯咯笑著，備好紙筆坐回位子上。

「有哥布林。」

哥布林殺手將冒險中發生的事，鉅細靡遺描述出來。

他想了一下，補充道「還有狗」。女神官面露苦笑，提心吊膽地開口：

「是有養魔狼的哥布林巢穴……好不容易才擊退他們。」

「規模有點大，不過沒有異狀。」

他接在女神官後面說，然後又一副百無聊賴的樣子咕噥道：

「哥布林還是老樣子。」

櫃檯小姐點頭回答「好的」，默默動筆。

來登記的新人冒險者增加的初春時期，會有比較多剿滅哥布林的委託。

部分冒險者會去下水道或其他地方冒險，絕大部分則是接下剿滅哥布林的委託。

多數會成功達成，少數會失敗逃回來，極少部分會再也沒回來。

不僅限於剿滅哥布林。

然而，對於能從數字確認實際人數的櫃檯小姐來說，是討厭的季節。

——不過，今年已經算好了。

櫃檯小姐心想，將嘆息封印在胸中。

因為雖說是極少數——有些新人會去訓練場接受指導。

曾為冒險者的女商人提供的支援，以及眾多冒險者的努力，可以說有了成果吧。

——但願這樣能幫助多一點人活下來。

櫃檯小姐很清楚，儘管只是細小的沙子，凝聚起來也能蓋成高塔。

雖說對於壽命不如森人（Elf）的凡人（Hume）來說，很難想這麼遠，但人們踏出的一步終會成為道路，是再明白不過的道理。

畢竟延續道路是凡人的專長之一，而非礦人(Dwarf)。

——只不過……

當下的事情也不能忘記。

畢竟最多人登記成冒險者的季節是初春，尖峰期也已經過了。

八成不會再有人樂意接剿滅哥布林的委託。

除了某個人以外。

「……我想，今年應該也得麻煩您。」

櫃檯小姐語帶愧疚，哥布林殺手有點像要插嘴，開口說道。

「無所謂。」

「那是我的工作。」

他如此斷言，旁邊的女神官露出難以言喻的表情。

櫃檯小姐瞥見這一幕，沒有再多說什麼，站了起來。

她從金庫取出一袋金幣，用秤砣測量重量後，放到托盤上。

農民們努力湊到的銅幣，以及少許的銀幣。即使已全數兌換成了金幣，仍有其不變之重。

哥布林殺手拿走布袋，將裡面的金幣平分，塞給女神官。

「報酬。」

「謝、謝謝！」

女神官急忙低頭道謝，從行囊裡掏出繡著可愛圖案的錢包。

哥布林殺手瞥了仔細地收好硬幣的女神官一眼，隨手將那袋金幣塞進雜物袋。

隨後徐徐轉頭而向牧牛妹。

「要怎麼做，回去嗎？」

「嗯……」牧牛妹想了一下，玩著自己的手指。

看起來有很多話想說。

哥布林殺手直盯著她。

不過，牧牛妹似乎將那些話都吞了回去，吐出一口氣：

「不，不回去。」

她搖搖頭，露出有點溫柔的微笑。

「我還有東西要買。大家好像回來了，去跟他們打聲招呼吧？」

「是嗎。」他的鐵盔轉向酒館的方向。「就這麼做。」

牧牛妹點頭，豎起食指，用力指向他的鐵盔。

「還有，要讓那孩子換衣服！」

「唔……」

突然被點名的當事人「唔咦!?」驚呼出聲，抬起看著行囊的頭。

「啊、不用的，我沒關係啦？真的……！」

「不不不，還是換個衣服比較清爽。」

櫃檯小姐用業務告知般的語氣提出建議，帶著困擾的神情望向鐵盔。

「其實，我也想勸您這麼做……」

「哥布林不知道什麼時候會出現。」

不能換下裝備。他簡短斷言，櫃檯小姐只得嘆氣。

然而，被人奉勸最好去換掉衣服的女神官，聞了下自己的袖口及領口，可憐兮兮地垂下眉梢。

「那、那個，難道……會臭嗎？」

牧牛妹面色凝重地點頭。同情無益，她毫不留情。

「……有一點。」

「……對呀。」

女神官露出非常沮喪的表情低下頭。哥布林殺手見狀，深深嘆息。

「去換衣服。我先到那邊等。」

「是……」

女神官垂著頭站起來，無精打采地走向位在樓上的房間。

目送垂著肩膀的嬌小背影離開後，哥布林殺手也起身。

「那我走了。」他思考了一下，說道：「晚餐前會回來。」

「嗯，知道了。」

牧牛妹笑著回應，他跟進門的時候一樣，踏著大剌剌的步伐走向酒館。

他的同伴——奇妙的三人組，現在應該在酒館吃午餐吧。

不久後，換好衣服的女神官肯定也會加入，開啟一段熱鬧又歡樂的對話。

——他會跟大家聊什麼呢？

牧牛妹想像著自己八成無法加入的對話，緩緩搖頭。

想這麼多也沒用。

兩人離去後，過沒多久。

櫃檯小姐拿起整理好他的報告的文件，在桌上敲了幾下對齊，然後微微聳肩：

「他還是老樣子呢。」

「嗯，真的。」

兩位少女面面相覷，眼神傳達出「真拿他沒轍」的意思，相視而笑。

既然如此，我們也來聊只有我們倆能聊的話題吧。

「再來一杯茶如何？」

「……麻煩妳了。」

§

「有哥布林。」

哥布林殺手將冒險中發生的事，鉅細靡遺描述出來。

他想了一下，補充道「還有狗」。女神官面露苦笑：

「是個有養魔狼的哥布林巢穴……好不容易才擊退他們。」

「唔唔，誠乃憾事。」

蜥蜴僧侶張開大嘴咬下起司，嚼都沒嚼就一口吞下，接著說道：

「區區惡魔犬，若貧僧在場就能扳開牠們的下顎、扭斷脖子，取其性命了吶。」

「蜥蜴人（Lizardman）的作風真野蠻耶。」

「何出此言？可沒有比貧僧同胞更文明的種族。」

蜥蜴僧侶絲毫沒把妖精弓手的調侃放在心上，舔了下鼻尖。

「是說，在野蠻這方面，森人沒資格說別人吧。你們不是規定每折一根樹枝，就要斷一隻手嗎？」

礦人道士從旁插嘴，妖精弓手豎起長耳。

「沒禮貌！那是很久以前的規矩了！最近在討論要不要廢除！」

「你們的『最近』是什麼時候？」

「這個嘛……呃，咦？」

妖精弓手扳著手指計算，歪過頭嘀咕道「是什麼時候啊」。

礦人道士聳聳肩，蜥蜴僧侶愉悅地轉動眼珠子，哥布林殺手一語不發。

一行人(Party)圍在酒場的圓桌——這兩年來已經成了他們的固定位置的桌子旁坐著。

女神官因這熟悉的景象瞇起眼睛，彷彿看見了什麼耀眼之物。

立志成為冒險者時，她萬萬沒想到會演變成這種情況——在各種意義上。

她不經意地望向其他地方，偶爾看得見幾個身穿嶄新裝備的冒險者。

他們的態度還有幾分生澀，聚在一起討論要去下水道，還是要接採集藥草的委託。

「那這座遺跡呢？好像有黏泥(Slime)就是了。」

「不不不，難度太高了吧。聽說就算是爬行黏液(Creeping Crud)也夠難纏的。」

「是嗎……嗯——還是選下水道吧……」

女神官偷聽見他們的對話，小心不被人發現地微微揚起嘴角。

有幾個人她在訓練場見過。但願順利。她誠心祈願。

——雖然應該不可能什麼事都一帆風順……

她默默在小小的胸中劃聖印，悄聲朗誦聖句，向慈悲為懷的地母神獻上祈禱。

正因為是有言語可祈禱者，即使要與死亡為伍，仍然會想祝福他們冒險的前程。

「我說，小丫頭。」

「是！」

礦人道士突然呼喚她，女神官急忙應聲，按住快掉下來的帽子。

留著長鬍鬚的礦人將麥酒從酒壺倒進杯子，大口灌酒，打了個嗝說：

「總之，地母神寺院的工作搞定哩。」

他毫不在意妖精弓手在旁捏著鼻子，甩手抱怨「臭死了」，又喝了一口。

看到礦人道士的杯子轉眼間就空了，女神官拿起酒壺，幫他倒第二杯酒。

「謝謝。不好意思，麻煩各位了……」

「小事一樁。」礦人道士紅著臉，愉快地說。「為了酒，那不算什麼啦。」

「喂，礦人。別讓委託人幫你倒酒。」

妖精弓手馬上嚴厲地訓斥他，女神官苦笑著說「沒關係」，也幫妖精弓手倒了杯葡萄酒。

「我不介意……不如說，我也只能幫忙做到這點小事。」

「我們也沒做什麼了不起的工作呀。只有幫忙看守葡萄園幾天而已。」

妖精弓手像在舔拭般，小口喝著葡萄酒，抖動長耳說道。

「有龍或是其他怪物也就算了，那裡只有鼬鼠和烏鴉吧？」

「但這件事只能拜託信得過的人……」

她邊說邊望向將酒從鐵盔縫隙間送入口中的哥布林殺手。

「……因為，總不能放著這個人不管。」

女神官在與哥布林殺手同行時，向三人提出委託——並非如此。

她算是仲介——不對，這項委託也有提交給公會，所以稱之為引薦人可能比較正確。

另一方面，單從她託人代替自己這點來看，果然該算是委託吧——不管怎樣。

養育她長大的寺院拜託她看守葡萄園，與此同時，她接到了剿滅哥布林的工作。

煩惱過後，不曉得是否因為受到他的影響，女神官沒有放棄親自前去剿滅哥布林。

「雖然棘手，這是常有的事。」

當事人——哥布林殺手則低聲沉吟，說出這句話。

「我單獨去也無妨。」

「這怎麼行！」

女神官豎起食指，用說教般的語氣開口：

「一個人去，那叫逞強或亂來。」

「唔。」

「我聽說你之前也一個人去執行委託，吃足了苦頭。」

「是嗎？」

「是的！」

「是嗎。」

這個人真的是喔——女神官生起氣來，臉上卻掛著「拿你沒辦法」的微笑。

若妖精弓手和礦人道士鬥嘴是家常便飯，他們倆這樣的對話也是家常便飯。

「不過，貧僧對釀酒深感興趣吶。」

蜥蜴僧侶看著這溫馨的畫面，用指甲撫摸空盤，一副還吃不夠的模樣。

「按貧僧族人的做法，僅僅是將葡萄等果物擲入泉水，待其化為美酒。」

「我們的話……有用嘴巴嚼水果這種方式。」

妖精弓手懷念地點頭。

「也會把葡萄丟進泉裡，等待泉水帶有酒氣……還會加蜂蜜。」

「哎，只需要空等就好，還真是適合那群長耳朵的釀法。」

「礦人那邊是火酒對吧？」

「沒錯。」礦人道士得意地用力拍打自己的肚子。

「鍊金術士也會用蒸餾法（Distillation），但不可能比得過咱們的道具。」

礦人的手藝有多高明，事到如今無需多言。

就像森人歌頌弓箭及森林之美妙，礦人會高談闊論機關的精度。

對他們來說，那是足以與美酒及美食匹敵之物，礦人道士捻著鬍鬚，咧嘴一笑：

「這次的新酒釀成後，一定要讓我嘗嘗。」

「啊，好的。若你不嫌棄，當然沒問題。」

女神官沒來由地紅了臉，害臊地說。

妖精弓手問她在害羞什麼，她只回答一句「沒事」，含糊其詞。

唔。哥布林殺手歪過頭，低聲沉吟：

「原來每年都有。」

「歐爾克博格，你對周遭的事太缺乏關心了啦。」

妖精弓手轉頭望向他，無奈地嘆氣。

「原來每年都有這個活動呀？」

「喂。」

連礦人道士都瞇眼瞪著她，妖精弓手晃動長耳：

「因為，去年是回我的故鄉，前年我們跑去水之都了嘛？」

經她這麼一說，確實如此。

這兩年，夏天一直有須前往外地的工作要做，幾位冒險者並沒有留在邊境之鎮。

不知道有用早摘的葡萄釀的酒，也是理所當然。

問題是這個戴著廉價鐵盔的冒險者，已經在這座城鎮待了七年。

「不是不關心。」他像在辯解般說道。「太忙了。」

「忙著剿滅哥布林……」女神官抬起視線，緊盯著他。「對吧？」

「對。」

「就知道！」

她彷彿在鬧脾氣——雖然她應該沒有真的不高興——輕輕坐到椅子上，別過頭。

然後往旁邊瞄了他一眼，噘起嘴：

「收穫祭時用的酒，也是在我們這邊釀的喔？」

「原來。」

「嗯，是啦，我也知道我們的酒跟酒造神寺院釀的不能比……」

過了這麼久，想到自己前年為了祈求豐收而跳的祭神舞，女神官依然會羞得臉頰發燙。

對了，他好像有稱讚那身只有薄薄一層布的衣服……

「……總之！」她甩甩頭說。「請你別忘了約定。」

「嗯。」

女神官笑咪咪地拿起自己的杯子，大概是滿足於哥布林殺手的回應。

這是為各自的冒險結束召開的慶功宴。雖說是從白天開始舉辦，心情還是多少會放鬆下來。

享用熟悉的城鎮的料理，邊喝酒邊與夥伴聊天，是多麼舒適的時間啊。

「噢，女侍小姐！」

所有人都有了醉意的時候，蜥蜴僧侶用尾巴拍打地板。

「來了——！」

有著獸耳獸手的女服務生跑過來，蜥蜴僧侶「嗯」莊重地低下頭。

「再來一盤起司。還有那個，叫什麼來著？包起來的那個。」

「噢，用起司包住奶油的那個。」她笑著晃動獸耳。

「我再多送你幾個！」

「哦哦，感激不盡！」

蜥蜴僧侶在感謝的同時用奇怪的手勢合掌，獸人女侍甩著手說：「別這樣啦。」

「對了，小鬼殺手兄。」

他目送獸人女侍啪噠啪噠地跑走，用不怎麼嚴肅的語氣說道：

「葡萄園外有幾個小腳印。你怎麼看？」

「哥布林。」他立刻回答。「出現過嗎。」

「恐怕。」蜥蜴僧侶轉動長脖子。

「也可能是惡童之流，但無法斷言。」

「是嗎。」

哥布林殺手喃喃自語，不是斟葡萄酒，而是將水倒入杯中，大口喝下。

「和其他人說過了嗎。」

「與寺院方及術師兄提過。」

蜥蜴僧侶簡短回答，看了與妖精弓手聊得有說有笑的女神官一眼。

妖精弓手的表情符不符合年紀暫且不提，女神官現在的表情，確實是個十六、七歲的少女。

聽說，地母神的寺院，是將無父無母的她養大的家。

「若是杞人憂天，便沒必要讓她擔心。」

「知道了。」

哥布林殺手頷首，不帶一絲猶豫。

「我去看看。」

蜥蜴僧侶點點頭，這個話題便再也沒有被提起。

「久等了——！」

獸人女侍將盛了好幾塊起司的盤子，放到他們面前。包成布袋狀的起司，被塞在裡面的奶油撐得鼓鼓的。

蜥蜴僧侶直接抓起一個扔進口中，大叫一聲：

「喔喔，甘露！」

§

隔天，一早就下起傾盆大雨。

天空是暗灰色，雨滴毫不留情砸在屋頂及窗戶上，雨水槽發出滴滴答答的聲響。

「欸——在下雨耶。你真的要出去？」

牧牛妹靠在窗框上看著屋外，回過頭。

掛在一旁的鳥籠中，金絲雀小聲鳴叫著，彷彿在附和主人。

「嗯。」

他簡短回應，迅速檢整裝備。

鐵盔護手鎧甲。檢查扣好的皮帶及扣具，確認有無鬆脫。

畢竟他在這麼大的雨中，仍按照每日慣例外出巡視，裝備已經全溼了。

若要為了以防萬一，先將裝備擦過一遍、塗好油再穿回身上，得耗費相應的時間。

當然，他的裝備不值多少錢，就算好好穿戴在身上，也不見得會有多大的差別。

但那廉價的裝備不曉得救過他幾次命。不該在這方面偷懶。

他跟她說過，所以牧牛妹沒打算在他默默動手時插嘴。

然而，天氣這麼差。

「明天再去比較好吧？還是再等一下？雨說不定會停。」

「不。」

他完全沒把她的關心聽進去，牧牛妹像隻牛似的，不滿地「哞」了一聲。

——真的有夠頑固。

問他是不是要去工作，他說不是。

問他非得選在今天嗎，他說很急。

牧牛妹雖然想了幾句說服的話，最後還是將它們收進豐滿的胸中，以嘆息替代。

要讓他改變主意，有多麼難啊……

——我清楚得不得了。

「那你等一下。我去做便當。」

「……唔。」

她迅速切換心情說道，只見對方低聲沉吟，停下手。

牧牛妹離開窗框，由下往上看著他的鐵盔：

「還是說，連這點時間都不能等？」

「……不。」

他一副放棄掙扎的樣子，吐了口氣，鐵盔慢慢左右搖晃。

「麻煩了。」

「嗯，交給我吧。」

牧牛妹下意識發出雀躍的聲音。她原地轉了一圈以掩飾過去，走向廚房。

——不過。

應該沒有太多時間給我準備。

她套上掛在廚房的圍裙，繫好腰部後面的綁繩，一面思考。

「嗯，做三明治吧。」

儘管稱不上一道料理，趕時間時三明治是唯一的選擇。

不曉得人們是從何時開始將烤麵包當成盤子，把菜放到上面。

在頂部疊上一片麵包，方便拿著吃，也是很久以前就有的做法。

今天雨這麼大，沒辦法去向鎮上的麵包釜——麵包師傅的公會採買。

但櫃子裡放有多的麵包，以備不時之需。

「不是現烤的就是了。」

牧牛妹用手指戳了下烤得硬邦邦的黑麵包，將它拿出來，切成薄片，抹上大量的奶油。

再放上同樣是從塊狀切成薄片的起司，接著——

——其實還想加個蛋……

不巧正在下雨。雞八成也沒下蛋。雞蛋並非每天都能大量收穫的東西。

因為營養價值高，她實在很想幫他加進去，但也沒時間炒蛋……

——算了，用其他食材補足吧！

牧牛妹果斷放棄，切了薄薄兩、三片鹽漬豬肉，疊到起司上。

「然——後——是……」

她大略看過儲藏庫，拿出少許晒乾的香草，以及一瓶醃漬物。

雖然增添不了太多味道及美觀，香氣可是時常被人提起的重要要素。

「～♪」

儘管只是簡單的三明治，做菜終究是做菜。過程十分愉快，自然會想哼個歌。

牧牛妹俐落地將醃菜切丁，將香草剁成碎末，隨手撒在肉上。

再疊上一片塗了奶油的麵包，大功告成。

「很好！」

牧牛妹吁出一口氣，將做好的三明治分成三等份，用布仔細包起來。

最後再把用水稀釋過的葡萄酒裝瓶——……

「完成——！」

「喂。」

「哇!?」

忽然有人叫她，害牧牛妹嚇得跳起來，按住胸口轉過身。

舅舅驚訝地瞪大眼睛，手上的雨具還在滴水。大概是從廚房後門進來的。

「是、是舅舅啊。嚇我一跳……」

她撫著豐滿的胸部放下心來，問：「怎麼樣？雨會停嗎？」

「今天不太可能。」舅舅繃著臉說。「牛不能放到外面。希望風別變大。」

「這樣呀……」

牧牛妹也皺起眉頭，悄悄望向窗外。

的確，雨越下越大。

天空暗沉沉的，還聽得見從雷龍喉間傳出的轟隆聲。不過據說暴風雨過後，夏天就會來臨。

「哎，沒辦法。」

唯有天氣，再怎麼在意也不會改變。全看諸神的骰子。

牧牛妹拎起便當，說著「來，便當」遞給舅舅。

「噢，不好意思。」

舅舅慎重接過便當，牢牢綁在腰後，收進外套裡面。

隨後瞄到放在廚房的另外兩個便當，微微蹙眉：

「……他也要出門啊。」

「啊，嗯。」牧牛妹點頭。「好像不是冒險。」

「這麼辛苦……」

舅舅嘆著氣說出的這句話有點帶刺，牧牛妹低下頭。

他默默看著她，過沒多久，忍不住嘆了口氣。

「……我不是有件以前穿的防雨外套嗎？」

咦？牧牛妹抬起頭，舅舅仍然板著臉，語氣不耐。

「借給他。」

「……可以嗎？」

「他的工作，身體就是資本吧。」舅舅疲憊地說。「感冒就糟了。」

「啊，嗯……！」

牧牛妹用力點頭，臉上綻放笑容。

「謝謝舅舅！」

她衝出廚房，對乖乖在食堂等待的他揮手，前往舅舅的寢室。

牆上的釘子掛著一件舊皮革外套。儘管修補過，耐穿度還是有保障的。

她抓下外套跑回去，舅舅不知道是不是覺得難為情，已經出門了，只有他獨自坐在椅子上。

牧牛妹微微嘟嘴，將那件外套連同放在廚房的便當一起遞給他。

「這個拿去！」

他一副不知所措的樣子——雖然看不出他的表情——陷入沉默，簡短地問：

「這是？」

「舅舅說要借你的。」

牧牛妹提醒他「之後記得向舅舅道謝喔」，他「唔」發出低沉的聲音。

「我自己也有外套……」他咕噥了一句，最後乖乖點頭。「知道了。」

舅舅身材比他壯。再年輕一些的時候就更不用說了。

附兜帽的外套有點大，將他整個人裹住可能都還有剩。

又舊又乾，某些部分的皮革還有點龜裂，但應該不影響功能。
不如說，比起隨便買件新外套，這件還比較好。
「哇，穿得下耶。」
本來還有點擔心鐵盔會不會塞不進去。牧牛妹高興得兩手一拍。
看到他將小心抱著的便當，綁在腰間的雜物袋旁，她溫柔地瞇起眼：
「那路上小心。下雨要多注意，地也會變得滑滑的。」
「嗯。」
他簡短應了一聲，然後動動手腳，確認動作沒受到影響，大剌剌地走向門口。
將手伸向門，在開門前轉頭望向她：
「晚上，會回來。」
嗯。牧牛妹笑著點頭。
「我等你。」
他打開門，消失在雨珠另一側，門關上。
牧牛妹「嗯」輕輕點頭，回到一如既往的日常。

§

女神官勉強將溼透的外套往纖細的肩膀上拉，憂鬱地仰望天空。

從清晨持續到現在的雨勢愈發猛烈，豆大的雨滴毫不留情打在她身上。

大顆水珠沿著帽兜滴下，外套早就擋不了雨，衣服也被滲入的水弄得溼答答的。

夏季將至，體溫逐漸被奪去的身體卻非常冷，口中呼出白煙。

她靠向城門，試圖以屋簷擋雨，做著無謂的努力，不久後——

一道人影從被雨水掩蓋的景色縫隙間透出來。

女神官看到，瞬間露出笑容，宛如從雲間探出頭的太陽。

「哥布林殺手先生，早安！」

「嗯。」穿著皮革厚外套的他點點頭。「抱歉。晚到了。」

「不會，只是我有點早到而已……」

「是嗎。」

「是的。」

女神官恢復精神，笑咪咪地點頭，帶頭邁步而出。

不管怎麼說，開口閉口就是哥布林的這個人，對葡萄園產生了興趣。

而且還是自己家——地母神寺院的！

不開心才奇怪，女神官連踩在積水上的步伐都輕快無比。

她走在通往寺院的路上，回頭望向他的鐵盔：

「是、是說，為什麼突然想參觀葡萄園……」

她硬是壓下莫名往上飄的聲音，努力用平穩的語調提問。

「啊。」她雙手一拍。「難道是因為我們約好要喝葡萄酒？」

「不。」

哥布林殺手話講到一半，想了一下，低聲沉吟。

「……嗯，對。」

「原來如此……呵呵。」

以為真的是這樣的她，高興地不斷重複「這樣呀」，一面走向前。

雖說鎮上的地面有鋪石板，只要踏出城門一步就是泥土地了。

下雨會使路面變泥濘，黏答答的泥巴沾上腳，濺起來噴到長靴及衣服的下襬。

弄髒白色長靴的泥巴顯得莫名鮮豔，女神官為自己不恰當的想法垂下視線。

她彆扭地動動腳趾，滲進長靴的水在腳趾間發出噗滋噗滋聲。

——之後得把鞋子洗乾淨，好好晾乾才行……

她沒打算省下洗衣服的力氣，這反而是她喜歡做的事。

但一想到自己現在會不會太狼狽了點，臉頰就開始發熱。

雖然天氣很冷，這股熱度絕對不值得感謝……

「……要進來嗎？」

「咦？」

理解這突如其來的問題意味著什麼後，臉上的熱度也隨之提升。

仔細一看，哥布林殺手的外套舊歸舊，尺寸卻非常大。

身材嬌小的女神官，應該可以跟他一起披。

當然不可能覆蓋住整個人，不過如果只是肩膀——……

「沒、沒關係，謝、謝謝你特地問我，但還是算了。那個……」

女神官想像跟他披著同一件外套的自己，急忙揮手。

她搖搖頭，因水氣而變重的金髮甩了幾滴水出來。

「因、因為我已經溼透了。」

「是嗎。」

哥布林殺手點頭，再度陷入沉默。

他平常的態度就是這樣，別無他意，女神官一句話都說不出來，低下頭。

若要說她想太多，也就那樣了。不過，那個、這實在……

——以那副模樣回到寺院……

太難為情了。沒錯，一言以蔽之，就是如此。

親生母親自不用說，對於連血脈相連的家人都沒見過的她而言，寺院就是家。

在那裡工作的神官是她的母親、姊姊，同時也是妹妹。

雖說兩人同屬一個團隊，總不能讓她們看見自己和男性披著同件外套……

——嗯，沒錯。就是這樣！

她們本來就在為自己成為冒險者一事操心。她不想因為這種奇怪的原因害她們擔憂。

她在平坦的胸中，為撲通狂跳的心臟及些許的後悔如此辯解，加快腳步。

鎮上離寺院並不遠。

他們像在游泳似的於雨中前行，過沒多久，寺院——規模與律法神殿完全無法相比——的影子從雨中透出。

以及三道站在前方的熟悉人影。

「不好意思，我們來晚了……！」

「啊，來了來了！歐爾克博格，你好慢喔——！」

外套跟兜帽都溼成一片，妖精弓手卻興奮地跳來跳去，如同樂在其中的孩子。

朝這邊揮動的手和頭髮，隨著她的動作甩出水珠，但她毫不在意。

露出一副正在淋浴的模樣，舒服地瞇起雙眼，看起來彷彿要在雨中起舞。

「瞧瞧這個鐵砧，因為不會生鏽就樂成這樣。」

「雨是上天的恩賜嘛。礦人都窩在地底，不會懂的啦。」

「真是……」

礦人道士手拿貼了油紙的紅鏽色雨傘，在妖精弓手旁深深嘆息。

他將裝著重要觸媒的袋子抱在肚子前面，費盡心思避免它淋溼。

女神官仔細觀察那把傘，「呼」發出參雜憧憬之意的嘆息。

「傘果然很棒……」

「冒險時會空不出手就是了。這邊傘很貴是吧？」

「是的，是有點奢侈的東西。」

聽見女神官的話，妖精弓手「哦」了一聲：

「那東西從我小時候就有了，怎麼都沒進步啊。」

「你們森人是用葉子吧。別跟我的傘相提並論。」

「你說什麼！」

妖精弓手勃然大怒，吵吵鬧鬧，司空見慣的景象。

一旁的蜥蜴僧侶默默瞇著眼，任雨水打在身上。

哥布林殺手見狀，簡短地說：「下雨了。」

「是啊。哎，時機不佳吶。」蜥蜴僧侶低聲回答。

「著實令人頭疼。痕跡想必也會被雨水洗去。」

「那些傢伙不會來。」哥布林殺手也簡潔地說。「至少今天不會。」

他們的音量小到會被雨聲蓋過，女神官聽不見。

聽得見的人頂多只有妖精弓手，但她正豎起長耳，忙著跟礦人道士鬥嘴。

礦人道士或許是為了方便他們交談，才故意找妖精弓手吵架，女神官一樣被蒙在鼓裡。

再說，她對於三位男性的貼心之舉，根本一無所知。

因此她聽見的，是在此之後的對話。

「要穿嗎。」

哥布林殺手簡短說道，指向蓋住身體的外套。

這件外套不可能容得下兩個人，不過以它的尺寸，即使是蜥蜴人巨大的身軀，穿起來都剛剛好。

蜥蜴僧侶閉目承受著雨勢帶來的寒意，轉動眼珠子：

「哈哈哈哈，雖說貧僧的故鄉也經常下雨，溼氣頗重，但實在奈何不了冰冷的雨水吶。」

然而，他用奇怪的手勢合掌，制止哥布林殺手的動作。

「這麼好的東西，還是由小鬼殺手兄穿著吧。」

「是嗎。」

耳朵靈的妖精弓手聽見，立刻「給我看！」加入對話。

她晃動能將雨聲轉為悅耳旋律的長耳，伸手抓住外套的下襬。

「哦——這是什麼？新衣服？可是它好舊喔。」

「嗯。」哥布林殺手點頭。「舊歸舊，是件好外套。」

「哦？也讓我瞧瞧唄。」

森人不懂這個啦。聽見礦人道士簡短的自言自語，妖精弓手用鼻子噴氣。

礦人又粗又短的手指迅速摸向外套的縫合處，隨後便「哦」了一聲。

「很堅固。外觀先不論，做工挺細緻的。還不賴。」

「對吧。」哥布林殺手再次點頭。「沒錯。」

「……」

獨自在不遠處默默旁觀的女神官突然想嘆氣，自己也不知道原因。

或許是因為剛才內心的悸動，轉變成了難以言喻的煩悶感。

因為——現在的他，儼然是個炫耀全新雨具的孩子。

§

「啊啊，你們終於來了！好了，別站在那發呆，快來幫忙！」

就在這時，讓人聯想到太陽的快活女聲貫穿滂沱大雨，射了過來。

「啊，是！前輩，現在就過去……！」

女神官猛然抬頭，與此同時，一道人影啪噠啪噠地踩著水接近。

染上髒汙，證明工作有多麼繁忙的神官服外面，穿著一件正在滴水的厚外套。

如女神官所言，對方同為侍奉地母神之人。

從服裝就看得出來——但……

「……唔。」

不能怪哥布林殺手下意識沉吟。

宛如葡萄乾的褐色肌膚，帽子底下是一頭濃密的黑色捲髮。

再加上如同翡翠的綠眼——一眼就看得出這名女性乃異國之民。

雖說全部統一成凡人這個種族，其中也包含各式各樣的人。

她大概是在西方邊境流浪，來自山峰另一側的居民——

「哦，你就是我家孩子的頭目（Leader）啊。」

還很年輕——推測比女神官大一、兩歲——的修女咧嘴一笑，挺起豐滿的胸部。

「剩下之後再說！動作不快點，葡萄會壞掉！」

她用和女神官徹底相反的輕浮語氣說道，颯爽地在雨中飛奔而出。

目的地是葡萄園吧。哥布林殺手跟在後面，瞄了女神官一眼。

「她是我的前輩。」她小聲地說，臉上浮現柔和笑容。「是很厲害的人。」

「我昨天也見過她，很令人驚訝對吧。」

銀鈴般的笑聲，自妖精弓手喉間傳出。

「虧妳被那個人帶大，還有辦法長成這麼穩重的孩子。」

「畢竟姊妹未必就相似嘛。」

礦人道士想起妖精弓手前陣子結婚的姊姊，壞心眼地說。

妖精弓手「哼」了一聲，沒再回嘴，看來她也心裡有數。

哥布林殺手只簡短回應「是嗎」，之後就不再開口，陷入沉默。

鐵盔面向的地方是腳下、周圍的草叢、大雨的另一側。

他和蜥蜴僧侶互相點頭，邊跑邊留意周遭。不過，當前這個地方不可能出現小鬼。

「……雨變大了呢。」

妖精弓手敏感地抖動長耳，嗅著氣味。她的敏銳度在整個團隊中首屈一指。
若是像剛才的對話那樣也就罷了，不祈禱者的氣息，她不可能沒察覺到。
「是啊。」蜥蜴僧侶低聲附和，望向天空。「冰冷的雨真可厭吶。」
沒多久，一行人(Party)抵達種著矮樹的區域。
剛才那位葡萄修女，正舉著皮革傘在不遠處奮鬥。
周圍是其他神官——不，更年輕的見習祭司們也出動了。
女神官按著因吸入雨水而變重的帽子，大聲叫道：
「前輩，首先該做什麼——……」
「今年特別多雨！去換葡萄的傘！」葡萄修女乾脆地說。
「雨會害葡萄發霉，萬一在採收前壞掉，就不能釀酒了！」
「噢。」礦人道士收起自己的傘。「那可不得了。得快點才行啊。」
「我本來只是想說接著上次的巡邏，酒倒無所謂……」
妖精弓手優雅地追上大步跑向前的礦人道士，輕輕聳肩：
「不過草木是同伴嘛。替換的傘放哪？」
「那個籃子裡！」
「我們來幫忙！」
以女神官這句話為信號，一行人(Party)開始用如冒險般流暢的動作行動。

葡萄樹並不高，只到凡人的胸口附近。

礦人本就手巧，換起傘來輕輕鬆鬆，森人就更不用提了。

「……唔。這對貧僧而言，實在吃不消啊。」

蜥蜴人則因為天寒，動作變得遲緩，長著利爪的手指很可能刮傷葡萄。

煩惱過後，蜥蜴僧侶似乎決定協助搬運裝了皮革傘的籃子。

女神官俐落地做著從小幫忙到大的工作……瞠圓了眼。

「你的動作，好熟練喔……？」

「沒照顧過葡萄。」哥布林殺手說。「但我會在牧場幫忙。」

注意不讓葡萄串淋溼，注意不讓果實之間產生碰撞。

他取下溼透了的雨傘，換上新傘。風雨漸強，甚至予人暴風雨前夕的感覺。

「怪了。這個時期很少會下這麼大的雨。」

葡萄修女喘著氣，困擾地仰望天空。

暴風雨應該要再過一陣子才會變頻繁。現在才剛準備進入夏天，確實很罕見。

「欸，不能用神蹟嗎？」

妖精弓手撥開黏在臉頰上的頭髮，開口詢問。

「像平常那樣靠『聖壁』咻一下解決！」

「如果讓神明代勞，不就會覺得『要我們這些人幹麼』了嗎。」

葡萄修女任憑溼掉的髮絲沾在臉上，露出一口白牙說道。

「只有在真的很傷腦筋時才求神。現在還是努力就能解決的程度！」

大風大雨都給我放馬過來！她自信滿滿地說，在葡萄串間穿梭。

「原來如此。」雨水在蜥蜴僧侶的鱗片上彈開。「確實是位厲害的人吶。」

「那麼，法術之類的如何？」

礦人道士得意地拎起正在滴水的鬍鬚，咧嘴一笑，拍拍觸媒袋。

「這跟求神幫忙不太一樣唄。」

「你是術師呀。」修女睜大眼睛。「這樣的話，地母神想必也會允許！」

女神官忍不住笑出聲。

因為一如往常的前輩，連在雨中都能溫暖她的心。

每年摘葡萄、釀葡萄酒的時節，她的前輩——葡萄修女都會帶頭俐落地把事情做完。

她已經離開寺院兩年了。雖然不時會抽空回來幫忙——

——這個人，都沒變呢。

她不禁這麼想。

有熟人在，有故人離開，也有新人來。

對她而言的歸處，就是這裡。

女神官的額頭又是汗水又是雨水，辛勤地工作著，礦人道士在一旁結起法印。

「『風的少女啊少女，請妳接個吻。為了我等美酒的幸運』。」

呼喚風的聲音在空中繞起漩渦，宛如跳舞般圍住葡萄園。

踩著舞步的風精們彈開雨珠，浮上半空，神官們也不自覺停下了手，看得入迷。

「唷。」妖精弓手哼起森人的音樂，搖晃長耳。「以礦人來說還真高雅。」

「貧僧倒是不太能理解這招的雅興所在。」

蜥蜴僧侶也轉動大眼，仰望天空。

非人之物衍生出的動作，抵達了與藝術截然不同的領域。

身在其中的哥布林殺手看了天空一眼，繼續默默地動著手。

不，他並非不知雀躍為何物，並非感受不到冒險，以及世上不可思議之事的魅力。

然而──……

「……哥布林嗎……」

看到雨中的樹木後方，有個影子正瞪著這裡，就另當別論了。

──不，體型不是小鬼。

他在皮外套底下摸索，尋找劍柄，簡單下達結論。

以小鬼來說身高太高，若是鄉巴佬又太瘦。凡人——恐怕是。

本以為可能是神殿的人，沒多久，人影便消失在水霧的另一側。

——該去追嗎？

哥布林殺手思考，然後搖頭。

那不是哥布林。雨又下得這麼大。葡萄園人手不足。

因此，他頂著不停滴水的鐵盔，開口說道：

「接下來要做什麼？」

§

「哎呀，得救了。謝謝你們！」

溫暖的寺院食堂內，響起葡萄修女悅耳爽朗的聲音。

此處雖大，卻清貧到與水之都的神殿完全無法相比，更遑論之前看過的王宮。

當然，這並不代表那兩個地方就有多奢侈。

所謂權威，必須時刻顧好門面。

身穿骯髒法袍的神官要求他人接受法律的制裁，沒人會服氣。

也沒人會敬畏衣衫襤褸、手持木劍的國王。

不過，地母神的寺院不同。

用的是簡陋的長桌及長椅，吃的也是樸素的料理，那些卻比什麼都還要溫暖。

欲廣傳母親的溫情，又何需裝飾？

「異教的教義著實有趣。雖然與貧僧等人的信仰也有相通之處。」

蜥蜴僧侶客氣地（但還是切了很大一塊）分走盤子上的起司，一面說道。

「貧僧一族信奉的可畏之龍，主張上了戰場就該豎起**雞冠**（註1）。」

「哎呀。」葡萄修女咯咯笑著。「我們要展現女人味的時候也是，喏？」

聽見她富有深意的這句話，聚集在食堂的其他修女也笑出聲來。

在這之中，只有女神官紅著臉低下頭，默默吃飯。

前年的收穫祭，是由她擔任巫女——不只因為這樣。

修女們頻頻偷看坐在長椅角落的奇妙男子。

骯髒的皮甲、廉價的鐵盔。手上綁著一面小圓盾，腰間掛著一把不長不短的劍。

不久前全身都還在滴水，也是她拿起破布幫忙擦乾的。

——噢，那個人就是他呀。

註1　指怒髮衝冠之意。

外觀不怎麼樣。長相看不出來。體格不錯。實際身高如何？聲音偏低。剛才動作也很敏捷。等級是？聽說是銀。那不是第三階嗎？好厲害。是戰士嗎？看起來也像斥候（Scout）。去向他搭話如何？

窸窸窣窣，吱吱喳喳，前輩後輩吵鬧又愉快的竊語聲，令女神官羞恥不已。

「啊嗚嗚……」

早知如此，是否不該每次回寺院時都向大家交代？

不，事後才被她們發現自己做過那種事，反而更難為情吧——……？

「哎，帶朋友回老家就是這種感覺。」

我家親戚也很多。礦人道士奸笑著幫她打氣。

他毫不客氣，用短短的手指在黑麵包上塗了一堆奶油，完全不介意硬度地咀嚼著。

礦人道士捏起沾到鬍鬚上的麵包屑，隨手扔掉，女神官一副可憐兮兮的模樣望向他：

「雖、雖然你說得沒錯……不過，還是有點，那個……」

此刻他們都坐在椅子上，視線高度並無太大的差距。

礦人道士也一眼就看得出她雪白的肌膚變得一片通紅。

「要習慣，要習慣。像我其實也很受不了一頓飯裡沒肉沒魚。」

於是他豪爽地大笑，一口氣喝光杯裡的葡萄酒。
「齁！」他睜大眼睛。「儘管不及酒神大人，地母神的恩賜也十分美味啊。」
「承蒙抬愛不勝感激。」
葡萄修女露出貓一般的狡黠笑容，撐著頰，視線移向旁邊：
「不過，我家小妹看上去倒像是已經醉了呢。」
「差不多啦。」
礦人道士哈哈大笑，女神官把身體縮得更小了。
「呼～好暖和～」如同一隻被淋溼的貓，悠悠哉哉的妖精弓手，忽地瞇起眼：
「欸，歐爾克博格，我說你啊。」
她伸出手肘，輕輕撞了幾下在旁默默輪流將麵包及湯送入口中的他。
「怎麼了。」
哥布林殺手停下手，將黑麵包泡在湯中，轉過頭。
「什麼『怎麼了』。」妖精弓手噘起嘴。「好歹說幾句話吧？」
「幾句話。」哥布林殺手咕噥道。「怎樣的話。」
女神官立刻驚慌失措起來，以細若蚊鳴的聲音開口：「沒關係，不用啦……！」
森人那對抖來抖去的長耳當然聽得一清二楚，但妖精弓手卻斷言「我聽不見」。
「這孩子的事，或其他事，有很多可以說的吧！」

「唔……」

那麼——他正準備開口，葡萄修女伸手制止了他。

「在那之前，我得先向你道謝。」

「道謝。」

「沒錯。」葡萄修女瞬間收起笑容，深深一鞠躬。

「我這小妹受你照顧了。真的很謝謝你。」

女神官不知所措，視線在兩人之間游移。

「不。」哥布林殺手搖頭。「她幫了我很多忙。」

女神官發出分不清是「咦」還是「啊」的聲音，茫然看著他的鐵盔。

「受照顧的人是我。」

然後因為接下來這句話，忍不住又把頭低下了。

妖精弓手發現她雙手緊緊捏著神官服的下襬，輕笑出聲。

她對蜥蜴僧侶使了個眼色，蜥蜴僧侶愉快地轉動眼珠子。

「事實上，貧僧雖擅長動武，卻難以注意到一些瑣碎的小事。」

「她跟某個鐵砧不一樣，是善解人意的好孩子。」

妖精弓手氣得長耳倒豎，對礦人道士罵出的「你說什麼！」這句話，最後也帶著笑意。

在旁邊專心聽著的其他修女發出銀鈴般的笑聲，於食堂迴盪。
舒適的氣氛溫暖到令她眼眶泛淚，甚至讓人聯想到地母神的慈悲。
女神官低著頭，一句話都說不出來，葡萄修女瞇起眼睛，對她點了下頭。
「太好了。神官長婆婆也很擔心妳。」
神官長的年紀並沒有大到要被叫婆婆的地步。藏在損人話底下的親愛之情，使女神官睜開眼。
「妳的夥伴似乎都是好人，這樣我也放心了。」
女神官拚命將喉間的話語吞回去，終於回答出一句「是的」。
葡萄修女盯著她，不久後露出心領神會的表情，隨口對他說道：
「對了，呃，你是叫……哥布林殺手？」
「別人這樣叫我。」
在溫暖的氣氛一隅默默重新吃起飯來的冒險者，再度停下手回答。
「聽說附近的開拓村有小鬼出現，方便跟你商量一下嗎？」
「好。」他低聲應道，立刻回答。「地點在哪。規模如何？」
「哇，真的是馬上決定。跟我聽說的一樣……」
葡萄修女帶著錯愕的表情望向女神官。
她用唇語對她說「辛苦妳了」。女神官搖頭。

女神官偷偷用袖口拭淚，以免被他發現，揚起嘴角微笑。

——真的，拿這個人沒辦法。

結果，那一天就這樣過去了。

下個工作八成會是葡萄修女提到的剿滅哥布林。

妖精弓手聽了大叫「什麼!?」語氣卻沒有太大的不服。

蜥蜴僧侶和礦人道士繃緊神情，立刻開始和哥布林殺手商量起來。

然而對女神官來說，連這幅景象都是熟悉的幸福，因此她眨了好幾下眼。

在暴風雨中工作的疲勞、被料理填飽的肚子的溫暖、眾人的聲音，都令她心曠神怡。

睡意逐漸襲來，她打了個哈欠，墜入夢鄉。

平凡的幸福，平穩的一天。應該要發自內心感謝地母神的好日子。

過沒幾天，便傳出葡萄修女是哥布林之女的謠言。

第2章『屍體與幽鬼』

Ghouls & Ghosts

Goblin Slayer

He does not let anyone roll the dice.

「唔唔唔唔唔唔……」

女神官憤慨地走在路上，一邊踢著溼掉的泥土。

如此生氣的她極為罕見。

畢竟她性格溫婉，這裡又是墓地——雖說是古代的——她並非會打擾死者安眠的那種人。

比起墳墓，稱之為土塚山或許更加貼切。

林木鬱鬱蒼蒼的森林深處，平緩山坡前方的那座小丘。

附近的地面堆著好幾塊長滿青苔，形狀卻明顯非天然物的石頭。

肯定是遠古時期知名的強盛國王或豪族之墓。

既然如此，身為地母神虔誠的信徒，理應表現出該有的敬意才對。

「唔唔唔唔唔……！」

她卻像個鬧脾氣的孩子，咬緊牙關，無法徹底掩飾心中的不滿。

走在前面的妖精弓手抖動長耳，面向前方喃喃道：

「真難得。」

「可見此事有多麼令人難以接受。」蜥蜴僧侶點頭。「不能怪她。」

礦人道士也無奈地仰望天空。不能期待天上的諸神伸出援手。

——簡直像個孩子。

再怎麼說，女神官才十七歲。儘管已成年滿兩年，行為舉止也相對成熟，終究還很年輕。

單看年齡的話，最年長的會變成那個鐵砧，因此暫且不提。

要成為一名大人，靠的不光只是歲數的積累。何況她年紀尚淺。

總是繃緊神經，為所有人操心，勤奮工作的她所顯露的孩子氣的一面。

撇除掉原因，能看到這樣的她，眾人心中也有幾分欣慰。

「喂，嚙切丸。和她說說話怎麼樣？」

「唔……」

一面探測敵情、一面戒備周遭，走在隊伍第二位的哥布林殺手低聲沉吟。

「說什麼。」

「不用我教你也知道吧。」

哥布林殺手沒有回答。也可以說無法回答。

他的注意力全放在當下，眼前的冒險上，無心顧及他處。

——以委託而言，這次的情況有點奇怪。

至少，鮮少有人會在尚未造成直接傷亡時，託人剿滅哥布林。

據說他們是在村莊附近，用來當獵場及採野草的森林裡目擊到威脅。

小小的影子於白色霧靄中蠢動。獵人將那模糊不清的身影視為小鬼。

那名獵人以弓兵身分參加過數年前的戰鬥。不可能認不出小鬼。

因此，獵人猶豫該不該先出手。

一、兩隻也就罷了，萬一不小心刺激到對方，導致大群哥布林襲擊村莊就糟了。

結果，這件事經由那位修女傳到哥布林殺手耳中——

『走吧。』

事情就這麼定案了。

『目前好像還沒出現災情，不過——』葡萄修女害臊地笑著。

『有小鬼在附近徘徊，大家還是會不安吧。』

『我同意。』哥布林殺手表示贊同。『非常同意。』

然而，之後發生了一個問題。

沒人知道是誰、在什麼時候、為何要那樣說。

在街角、酒館、公會角落，人們竊竊私語。

訛傳著——「那個修女是不是哥布林的小孩啊？」

當然不方便光明正大批判地母神的寺院。

對這個世界來說，神之手確實會引發神蹟。神是存在的。那是事實。

不過，若之於特定對象呢？

無論是一般人民抑或冒險者，每個人都不可能潔白無瑕。

她是懷上小鬼的種的女人生下的孩子。

許多人用有色眼光看待她那撐起法袍的豐滿身軀，議論紛紛。

這個謠言，又怎麼能不傳到女神官耳中呢？

她的意識拉回到出發前，在冒險者公會發生的事。

§

「～♪」

耀眼的朝陽從窗戶照進，女神官踏著十分輕快的腳步走在公會。

她小聲哼著讚美歌，於腦中打開清單，檢查必需品。

裝備——武器及防具偶爾也會——道具類，無論何時都是消耗品。

藥水類也一樣，放太久會壞，附鉤子的繩索也會逐漸磨損。鐵釘會生鏽。
不僅用完後要補充，汰換老舊的裝備也很重要。
在緊急情況下喝了五、六瓶治療藥水還沒生效，她想避免遇到這種事。
既然如此，應該要隨時檢查行囊，一點一點更新消耗品。
所謂的常備化就是這樣。
——我也知道不該太興奮……
考慮到等等是要去剿滅哥布林，或許可以說這種想法不合時宜。
實際上——大概——和他、和他們一起冒險是很開心沒錯，但與小鬼戰鬥這件事本身不怎麼愉快……
然而，雖說她成長了許多，離所謂的自信還有一大段距離。
這點純粹是個性使然，沒有好壞可言，不過連這樣的自己都有派得上用場的時候。
例如這種採購的工作，以及小小的貼心之舉，是女神官自己發現的職責。
努力、認真地把這些事做好，是能讓她挺起小巧胸部的重要工作。
「欸，你有沒有聽說那個傳聞？」
因此，突然聽見這句話，她也沒放在心上。
她毫不認為這件事會跟自己有關。

「那個地母神神官的傳聞嗎？」

「咦——……？」

所以，她反射性停下腳步看過去，是兩位疑似新手冒險者、身穿全新裝備的少年。

鎮外的訓練所已經蓋好一年。

建設途中，尚未正式啟用的那段短暫期間，女神官他們也有幫忙。

不過大多是由熟練的冒險者負責指導，女神官只有從旁協助而已。

硬要說的話，頂多只有在那場與小鬼的戰鬥中，幫忙指揮另一支小隊。

那起事件促使公會判斷她足以升級，如今成了重要的回憶。

當然，回想起當時死去的人們，她會感到心痛。

也有許多新人體會到夢想及現實的差距，放棄繼續當冒險者。

由於目前有退休的高齡冒險者們擔任教官，女神官已經沒再插手。

何況，未接受訓練的新人也非常多。

因此她不認為對方是在講自己，不過……

「嗯，有聽說。」另一個人點頭，這句話令女神官瞬間面無血色。

「有個被小鬼襲擊過的女生對吧？在當冒險者的？」

發不出聲音。她用力抓緊袋子，好不容易才沒弄掉。

那座寺院，有其他出發剿滅小鬼卻失敗的神官嗎？她沒印象。

怎麼辦？腦中浮現這句話。怎麼辦？就只有這句話。膝蓋微微顫抖。

「笨蛋，才不是。」

少年嘴角浮現淺笑。視線未朝這邊。

所以他應該沒發現自己，明知如此，女神官仍然動彈不得。

「是在說有哥布林的小孩啦。」

「啥？哥布林的小孩？」

「呃，我也是聽朋友的朋友說的。好像是混了一半哥布林的血。」

就她啊。少年依然笑著。那個黑皮膚的女人。

——什麼東西？

這些人在說什麼啊？

「嗯，真的假的——是那個釀葡萄酒的人對吧？我喝過耶。」

「實在……喝不下去對吧。」

「話說回來，對手不是哥布林嗎？竟然還會被襲擊，真蠢。」

「只要不被包圍，哥布林超弱的。勇者大人聽了八成會笑死。」

「就那個嘛，愛把吃過的苦頭誇大的傢伙。整天嚷嚷著哥布林很危險。」

「連哥布林都稱得上危險了，那個人豈不是被龍看一眼就會死掉？」

大笑聲響徹四周，女神官蹲在地上，摀住耳朵。

遲早還是希望能成為屠龍者呢——以前聽過的這句話，在腦海迴盪不停。

§

「……專心。」

不久後，靜靜走在腐葉土上的哥布林殺手簡短道。

這句話將女神官的意識拉回當下，她用力甩頭。

不知為何，妖精弓手和礦人道士一臉無奈。蜥蜴僧侶聳聳肩。

陽光被樹木遮蔽，充滿溼氣的這個空間，瀰漫一股非常重的腐臭。

「我、我知道……！」

她突然意識到有別於小鬼巢穴的那股臭味，驚慌失措地回答。

走路速度趨緩的她咬緊下脣，垂下頭。

「我知道……」

這反應，儼然是忽然被父母叫住的小孩。

她覺得自己很窩囊，覺得不甘心，握住錫杖的手也加重力道。

——那個時候。

是否該跳出來講些什麼？

是因為害怕，還是其他原因，導致她當下沒有開口，選擇默默旁觀？

抑或只是因為大腦跟不上情緒變化？過了好幾個小時，她依然想不通。

——回去後再說吧。

女神官在平坦的胸中簡短複誦地母神聖名，努力轉換心情。

不專心就會死。顯而易見。

平時總是閒話家常的大家，瞬間切換成臨戰態勢的模樣，她經常目睹。

模仿他們吧。照他們的方式做——女神官深吸一口氣，吐氣。

沉澱在心中的情緒當然不會消失，但努力與否會產生很大的差別……

「欸，不覺得有股臭味嗎？」

妖精弓手突然抽動鼻子，語氣嚴肅。

一行人（Party）停止動作，慢半拍的女神官也佇足環視周圍。

擔任斥候的森人（Elf）那靈敏的聽覺、視覺及嗅覺，是這支團隊的生命線。

豎耳傾聽，凝重的樹葉摩擦聲籠罩周圍。

樹木上方，搞不好被深灰色的雲覆蓋住了。

女神官不經意地這麼想，也試著去嗅聞空氣的味道。

腐爛的葉子及泥土，混雜溼氣的強烈腐敗氣息因此黏在舌頭上。

——和洞窟的味道不同……

「要說臭，這座土塚山一直都很臭唄。」

礦人道士謹慎地將手放在觸媒袋上，彎腰戒備。

「不知此地被世人遺忘多久了吶。」

聽見蜥蜴僧侶的疑問，他捻著白鬍鬚，「這個嘛」望向天空沉思。

「百或千年吧，應該不至於要追溯到神代。我也不認為鐵砧的鼻子塞住了。」

「幹麼啦。」

妖精弓手不滿地晃動長耳，礦人道士無視她，喃喃自語：

「看來這並非尋常墓塚。」

「哥布林嗎？」

「不清楚。」礦人道士停頓了一下，抖動身體。

「感覺連塚人(Wight)都會冒出來。」

塚人。哥布林殺手重複道。

「……名字沒聽過，也是怪物嗎。」

「你就只知道哥布林吧。」

妖精弓手板著臉，摸索箭筒，抽出樹芽箭。

她將箭矢架在尚未拉緊的弦上，敏感地抖動長耳：

「像是被詛咒的國王，或違背與王的約定、導致無法安息的武將之類的亡者對吧。」

「這方面不在貧僧專門領域內，但……」

蜥蜴僧侶將龍牙之類的道具拿在手中把玩，轉動長脖子說道。

不知不覺，四周開始飄起白霧，但對蜥蜴人（Lizardman）而言想必構不成阻礙。

這支團隊有森人、礦人（Dwarf）、蜥蜴人等不同人種，夜視能力強也是一項武器。

雖然，女神官對於其他人為何能在暗處視物一無所知。

「貧僧知道，沒有比小鬼更容易在古老陵墓看見的怪物。」

「哥布林會拿亡者的住處當巢穴……？」

哥布林殺手在鐵盔內咕噥道，一副無法接受的態度。

他用長靴的鞋尖踢了下地面，彷彿在測試哪裡可以踩。極軟極黏的涇泥隨即沾附其上。

「真不痛快。」

女神官吞了口口水，雙手重新握好錫杖。

後頸陣陣發麻，有種汗毛都豎起來了的感覺。討厭的感覺。

即將發生什麼不好的事時總是這樣。

因此她將注意力放在土塚山的景色上，定睛凝視薄霧另一側，暗處的影子。

用石頭堆砌成的柱子。地穴填入泥土埋葬的痕跡。有沒有生物在其中的縫隙間蠢蠢欲動？

正因如此——其實也不能這麼說。但，發現徵兆的人確實是她。

嘶。靜靜地，女神官獨自發現長滿青苔的土堆在震動。

「啊……！」女神官放聲大叫。「那裡的土……！」

下一刻，箭矢飛過。

妖精弓手以迅雷不及掩耳的速度拉弓，伴隨如同豎琴的音色一撥。

箭矢射中的土山絲毫不把攻擊放在眼裡，從內側崩落，站了起來。

矮小的人型。醜陋的外表及臭味。

女神官覺得那明顯是哥布林——哥布林殺手也這麼認為。

「果然是哥布林……數量呢！」

「不清楚！」妖精弓手拿著箭晃動長耳，大聲回答小鬼殺手。

「可是，四面八方都有！」

沒錯。

周圍的土堆、石柱抖動起來，崩塌，敵人接連從土中冒出。

四周立刻充斥令人作嘔的臭氣，女神官呻吟著摀住嘴。

「哦哦。竟是以土遁偷襲。」

蜥蜴僧侶沒有大意，瞪向四周，歪嘴露出愉悅的微笑。

「以小鬼而言，這番伎倆還算不差。」

「現在哪是佩服的時候！喂，嚙切丸，要怎麼做！」

礦人道士將手伸進觸媒袋，粗魯地大吼。

哥布林殺手謹慎地舉好小圓盾及劍，瞪著逐漸逼近的敵人。

不，鐵盔遮住了視線，女神官卻有種他正在看自己的感覺，不禁縮起身。

「以妳為中心組成圓陣。」哥布林殺手低聲說道。「準備應戰。」

「是、是！」

冒險者們動作很快。

比起事後才想到更好的主意，即刻決定、即刻行動，方為冒險的真諦。

他們圍在四方保護女神官，各自拿起劍、弓、手斧，以及爪爪牙尾。

妖精弓手在前，左右是哥布林殺手和蜥蜴僧侶，後方是礦人道士。

女神官在中央咬住嘴唇，手持錫杖，仔細用雙眼確認周遭狀況。

她所注意的當然不是被霧氣遮掩的敵人，而是四名同伴。

有任何狀況時將情報傳達給大家，正是她的職責，而非其他人。

身負與使用神蹟同等重要的任務，她對此滿懷責任感、緊張感，以及些許興奮感。

「……動作很慢。」

「對呀。」

妖精弓手一邊回應女神官，一邊扣緊弓弦，盯著在霧氣另一側舞動的影子。

一點，又一點。

敵人躡手躡腳地步步逼近、縮小包圍網的模樣，使女神官背脊發涼。

「被箭射中也沒倒下……可是又聽不到防具的聲音……毛毛的。」

「你怎麼看？」

哥布林殺手聽完妖精弓手的話，低聲詢問蜥蜴僧侶。

身經百戰的強者舔了下鼻頭，嘶嘶吐氣：

「貧僧個人的意見是，不想淪於被動吶。」

「同意。」哥布林殺手斷言。「維持陣形。我們上。」

「是！」

女神官將前一刻的憂慮拋到腦後，用力點頭。

唯有此時此刻，似乎能忘去在公會時的煩惱心情。

然而——她不會因此想感謝那些哥布林。

§

「這是什麼。」

扔出去的劍毫不留情刺中咽喉，哥布林濺出骯髒液體，向後倒下。

即使隔著一層白霧，那徹底腐壞的血肉惡臭依然刺鼻。

不料，倒下的哥布林靜靜抖動身體，緩慢地在霧中重新起身。

哥布林殺手不悅地啐道：

「不是哥布林。」

「看就知道是不死者(Undead)吧……！」

妖精弓手怒吼回去，如字面上的意思接連發箭。

樹芽箭在空中描繪出凡人(Hume)之手不可能辦到、宛如閃電的軌跡，射進霧中消失不見。

貫穿皮肉的噗滋噗滋聲，證明了箭矢精準命中目標。

然而，在霧氣後方蠢動的影子插著箭，若無其事地逼近冒險者。

妖精弓手眼看敵方幾乎沒受到任何傷害(Damage)，粗俗地咂了下舌：

「啊啊，真是夠了！最近一直遇到這種！所以我才討厭沒在活的……！」

「先斷其下肢！」

蜥蜴僧侶伸出長尾，纏住腐肉的腳將其砸向大地。

連著種子一同把果實捏爛的驚悚聲音響起，小鬼站不起來，只能癱在地上掙扎。

蜥蜴僧侶甩去沾上尾巴的穢物，對同伴吼了一聲：

「肌骨肉終究只是零件，破壞掉便再無可能運作！」

「屍體不是不在你專門領域內嗎……！」

「就貧僧所知，死者理當回歸塵土，故那些傢伙應該還長有黏菌。」

礦人道士對輕巧帶過自己調侃的蜥蜴僧侶聳肩，單手揮下手斧。

另一手則放在觸媒袋裡。

斧刃像在伐木般揮向小鬼的四肢，卻無法牽制忘記恐懼的屍體。

「被這東西纏住就完蛋啦。」

他用那雙短腿小跑步跟緊團隊的同伴，皺起眉頭。

「嚙切丸，得先幹掉死靈術師（Necromancer）！」

「死靈術師。」哥布林殺手低聲複誦。

「哥布林嗎？」

「你都不知道了，我們哪可能知道！」

妖精弓手怒吼道。她已經將大弓背到背上，反手抽出黑曜石小刀。她揮動小刀，示意「敢靠近我就砍下去」，小鬼們卻毫不畏縮。左右兩側，從穢土中爬起襲向他們的影子持續增加。

妖精弓手焦躁地抖動長耳，用森人語唾罵。

唯一值得慶幸的是，哥布林屍體數量雖多，動作卻相當遲緩。在屍群中，一行人(Party)組成圓陣漫無目的地移動，勉強維持著陣形。然而，他們確實正在一步步被逼入絕境。陣形遲早會瓦解。

「……呃……！」

站在中央的女神官定睛凝視昏暗薄霧，手指抵在脣上，陷入沉思。

死靈術師。儘管有善惡之分，他們做的事通常就是施術操縱屍體。那麼這就是一種法術。詛咒的法術。既然如此——

「如果這是詛咒……照理說會有當成基點的地方！」

雖然只是依稀記下的知識，女神官靈光一現，大聲說道。

「可是不確定是哥布林，還是真正的死靈術師做的……」

「那麼八成在山頂吶。」

蜥蜴僧侶用爪子攫住附近的屍骸，往兩旁撕裂，悠哉回應。

「若是貧僧，的確會選在該處祈禱。」

哥布林殺手撿起腳邊的劍，鐵盔隨之轉動。

恐怕是和士兵一起埋在山裡的。老舊、鏽蝕，長度也不滿意。

他揮了一、兩次試手感，接著望向女神官：

「去基點就能幹掉他們嗎。」

「是……！」

女神官雙手握緊錫杖，用力點頭。

「那就決定了。」哥布林殺手說。「以山頂為目標。」

冒險者們點頭，立刻展開行動。

一面抵擋從四面八方湧近的小鬼，一面爬上坡度平緩的丘陵。

論團結起來、在大批怪物中殺出一條路這方面，沒多少人比得過這支團隊。

小鬼屍體擋在前方，又算得上什麼阻礙。

「把腳砍斷就行了對吧……！」

帶頭衝在前方的妖精弓手喃喃自語，抽出剛才沒對敵人造成傷害的樹芽箭。

她邊跑邊將箭尖抵在小刀上，箭鏃便如發芽一般，自行分成兩半。

將小刀叼著，用行雲流水的美麗動作舉起背上大弓，轉身射箭。

嘡一聲，箭矢飛出類似弦樂器的聲響，宛如一條蛇，在幾乎要碰到地面的高度爬行、彈起。

精準命中小鬼的膝蓋——

「————!?」

以射中的點為中心旋轉，發出驚悚聲音徹底粉碎骨頭，貫穿過去。

屍體若有感到驚愕的功能，想必會發揮得淋漓盡致。

冒險者們踩過那具倒在地上的屍體，不斷向前、向前。

「好耶！」

妖精弓手依然叼著小刀，上下抖動長耳，著手製作下一發子彈。

礦人道士斜眼看著她，嘀咕道「真殘忍」。

「就是因為這樣，跟森人開戰才沒好事……」

他也不是沒採取任何動作。

負責殿後的礦人道士，邊跑邊從裝滿觸媒的袋子裡掏出水袋。

拔掉栓子，任由溢出來的水灑在地上——準備就緒。

「『土精(Gnome)、水精(Undine)，請織出一塊神奇的被褥』！」

就算是不知死亡為何物的存在，一樣要踩在地面上行走。

根據蜥蜴僧侶的說法，一切都是以骨為基礎、以肉為發條製成的機關。

地面突然化為冒泡的泥濘，雙腿一旦陷進去，肯定會失衡。

在汙泥中緩慢擺動四肢掙扎，終究無法逃出。

腳底陷入泥沼，濺起飛沫摔倒，之後就跟溺水沒兩樣了。

像小孩一樣甩動手腳，只會讓身體越陷越深。

小鬼屍體貪婪地試圖接近生者的氣味，卻不斷陷進泥沼。

若是在他們擁有孩童等級的智慧時也就罷了，如今小鬼們連這點智慧都失去了。

「嚙切丸！別顧慮後頭，去吧！」

「好。」

哥布林殺手簡短回答，衝到最前排。

他將劍扔向搖搖晃晃地於前方徘徊的小鬼屍體，劍刃深深插進頭部。

哥布林向後一仰，腦漿都流出來了，卻若無其事再度面向前方，和衝過來的冒險者用力撞在一起。

哥布林殺手硬是將圓盾嵌進小鬼屍體的喉頭，就這樣砸斷脊髓。

「雖然數量多是常態……」

他踩斷仍在抖動的小鬼手臂，嘖了一聲，扯開腐肉。

「死了也一樣難纏啊，哥布林。」

「哥布林殺手先生！」

臨時取用的棍棒，低吼著回應女神官的吶喊。

將從土裡爬起、想抓住他的腳的小鬼屍首一棍砸爛，毫不誇飾。

哥布林殺手踢飛凹陷的頭部，默默掃視四周。

敵人果然很多。多得嚇人。

在霧中蠢動的影子比剛才還要密集，甚至像一整塊巨大的怪物。

——不過，一直以來都是如此。

沒有任何變化。

「…………！」

女神官在他背後雙手握緊錫杖，帶著認真的表情點頭。

沒問題。一行人如此判斷，由哥布林殺手帶頭，衝進霧中。

往上，往上，往上，往山頂前進。

半晌之間只聽得見肉被砸爛、斬裂的恐怖聲音、紊亂的呼吸、泥巴濺起的聲音。

不時會響起迴盪四周的咆哮，應該是蜥蜴僧侶的戰吼（War Cry）。

無論會動或不會動，屍體都無法言語。低沉的呻吟參雜在風聲中消逝。

從額頭滑落眼角的汗滴，導致女神官眨了好幾下眼。

霧氣不知不覺變得像雨幕，讓她全身都是水珠，溼答答的神官服黏在肌膚上。

她撥開貼著大腿的下襬，努力跟上前方的他，緊張得喉嚨顫抖。

經過這場戰鬥，眾人能否活著回去——責任落在她纖細的雙肩上。

她不願想像萬一帶來聖光的解咒(Dispel)祈禱無效，會有什麼樣的下場。

最終耗盡體力，被壓制在地，大卸八塊，開腸剖肚，尊嚴遭到踐踏，被他們拆吃入腹。

忽然有種自己是否還在那座洞窟裡的感覺。

她會不會其實仍受困於那骯髒的小鬼巢穴，倒在穢物堆中等待死亡？

會不會正用空洞的雙眼注視一群小鬼，看著位在另一端的愚蠢夢想？

雙腿發軟、害怕得哭出來，用顫抖著的聲音向神求救的小丫頭，究竟有何能耐？

祈禱的話語無法上達天聽，夥伴的靈魂遭到粉碎、失去性命，自己落得這種下場也是理所當——……

「快到了。」

那並非「加油」、「別擔心」這種溫柔溫暖的激勵。

而是十分低沉、無機質、平淡、簡短的話語。

女神官覺得周圍忽然明亮起來，小聲回答「是」。

——嗯，不一樣對吧。

將空氣吸滿平坦的胸口，做了個深呼吸。她未免把自己看得太重要了。

賜予神蹟的是慈悲為懷的地母神，自己僅僅是代祂行使。

夥伴們都這麼努力了，她要做的唯有盡全力祈禱。切勿自視過高。

思及此，全身上下阻塞的血流彷彿瞬間暢通，頭部也變輕了。

或許是因為這樣吧，女神官眨了下眼。

霧氣對面，好像有不屬於那些屍體的詭異聲音……

「……!?哇!?」

下一刻，女神官的帽子彈飛，與數根金髮一同飄向空中。

幸好她相信後頸汗毛倒豎的直覺，迅速跳向汙泥。

伴隨銳利破空聲射來的某種物體襲向女神官。而且不只一次。

「啊、嗚……!?」

趴在地上，衣服被泥巴弄髒的她，終於忍不住慘叫。

像被撞飛似的摔在爛泥上，靴子破了個大洞，大腿噴出鮮血。

仔細一看，神官服也被割裂，顯然是企圖取她性命的攻擊。

要是沒有陪伴她許久、散發黯淡光芒的鍊甲，心臟搞不好已經被刺穿了。

至於第三次——

「上面！」哥布林殺手咬牙切齒地說。「不是哥布林。」

肉與骨斷裂的喀嚓聲傳來，腐朽的斷臂飛了出去，沉入泥中。

哥布林殺手扔掉只剩下手腕的小鬼手臂，從腰帶拔出生鏽的劍。

然後反手握持，迅速跑到女神官身旁蹲下：

「站得起來嗎？」

「沒、問……題……」

她喘著氣用錫杖撐住身體，搖搖晃晃起身，因劇痛而腿軟。

不只是因為疼痛，悲慘及不甘的心情，令她眼泛淚光。這樣實在到不了山頂──……

「哇!?」

在她暗忖之際，女神官的身體輕輕浮向空中。

她慢半拍才意識到，哥布林殺手用肩膀撐起了她。

「走。」

「啊，好、好的……！」

她連忙伸手撿起掉在泥巴上的帽子，剎那間銳利的風再次吹過。

哥布林殺手揮下的劍迸出火花及鐵鏽，弄髒女神官的臉。

「能交給妳嗎。」

哥布林殺手無視困著急與羞恥而不知所措、哇哇叫著的她，扔出簡短一句話。

回答他的當然是──他思考了片刻，在鐵盔內吐出一口氣──夥伴們。

「那當然！」妖精弓手率先回應，朝霧中拉緊弓弦，衝上斜坡。

森人的耳朵及眼睛，基本上是有言語者中最敏銳的感官，已然捕捉到看不見的敵人。

「雖然只有看到一瞬間，是長翅膀的人型——大概是生物！因為不像石頭！」

「那麼。」哥布林殺手簡短說道。「不是石像鬼。」

妖精弓手聽了，晃動長耳，女神官也連腿的疼痛都忘記了，眨眨眼睛。

「你、你認識石像鬼……？」

「當然。」

「是魔神（Demon）之類的吧。」

礦人道士拔出手斧砍倒小鬼屍體，跑著追上來。

他將手斧舉起以保護哥布林殺手和女神官，瞪向上空，沒有絲毫大意。

感覺到振翅聲在上空徘徊，礦人道士板起臉。

畢竟除了小鬼屍體外，又多了其他敵人。狀況實在不樂觀。

「長耳朵的，之前不也遇過嗎？就那個啊。」

「……我覺得這跟當時的敵人動作不太一樣耶。」

「這個嘛，魔神也有分有名（Major）和不有名（Minor）的嘛。」

「要是他能報上王牌（Ace）或鬼牌（Joker）之類的名號就好了……！」

妖精弓手沒有半點預備動作，持續朝霧中射箭。

甫割開的樹芽箭低吼著消失在另一端，響亮的振翅聲回應了它。

魔神拍打巨大的翅膀改變飛行軌道。為了避開射來的箭矢。情急之下，倉皇地。

沒錯，箭並未射偏。森人的弓正是沒有一絲多餘之處的弓——換言之，她是故意瞄歪的。

「趁現在！」

「喔喔！伶盜龍啊，明鑒貧僧的跳躍！」

依稀可見尾巴抬起、身軀扭動的剎那，黑色巨影已大吼一聲自霧中撲上前。

是遵循蜥蜴人作風的偷襲（Ambush）。

「AAAARERRRERRREM!?」

受到這股衝擊，為了發動奇襲始終保持沉默的魔神也不由得驚叫。

和前次相同的反應，代表戰鬥方式亦毋須改變。

蜥蜴僧侶的爪爪牙，這回也一樣逮住了魔神，攀在他的背上。

「AREEEM！AREEEMEER！」

魔神發出刺耳尖鳴怒罵這個長鱗片的渾蛋，拍打翅膀飛向空中。

他的計畫已經徹底失敗。本想先解決掉那個弱不經風的神官小丫頭。

那就是他的目標，魔神戰鬥的鐵則。

先抓走聖職者，撕裂身軀，弄得像破布一樣支離破碎。

但事已至此，顧不了那麼多了。一樣要把他們殺個精光，先從這個蜥蜴人下手吧。

只消把他甩下去，砸在地面上，任何人都會死。要葬送這愚蠢之徒！

「ARRERMERE！」

「哈哈哈哈！瞧你這被排除於進化系統樹外的傢伙！」

然而，無論飛得多高，陷進背部及翅膀的爪——手與腳爪——都不肯放開。

不僅如此，蜥蜴僧侶的利爪甚至貫穿魔神的皮、撕裂他的肉，導致惡魔骯髒的血液四濺。

無論處在多嚴峻的逆境下，蜥蜴人都不會讓殺得了的獵物逃離。

適者生存，對於在各種意義上屬強者的蜥蜴人而言，生存下來是正義，也是真理。

蜥蜴僧侶抓住形似蝙蝠的雙翅，嘴一歪，露出發自內心感到愉快的猙獰笑容。

「這種翅膀，對翼龍（Pterodactylus）實乃不敬！看貧僧將它淘汰掉！」

隨著這聲咆哮，蜥蜴人的利牙終於咬住魔神的咽喉。

「ARRRRARARRRRMMM！？！？」

怒罵聲已化為語意不明、含糊不清的哀號。

蜥蜴人的爪子將翼膜撕得粉碎，扣住惡魔不祥的骨骼，奮力掐緊。

接著，蜥蜴僧侶粗壯的手臂終於把魔神翅膀從根部扯斷，毫不留情地扔開。

「AARAMM!?ARARAMMMRREERMMMM!?」

其餘只需等他墜落。

魔神旋轉著朝地表落下，他在這段期間是什麼感受，無從得知。

不管怎樣，魔神的血和慘叫聲像尾巴一樣拖得長長的，宛如流星重摔在地。

泥沼濺起飛沫，礦人道士看到有一半沉在汙泥裡的屍體，咕噥道「這葬禮真華麗」。

「欸，你還活著咖!?」

「看來是、無大礙吶。」

妖精弓手急忙詢問，蜥蜴僧侶徐徐起身，若無其事地回答。

他吐掉惡魔骯髒的血肉，抖動身體甩去汙泥。

強壯的腿踩住仍在抽搐掙扎的魔神，蜥蜴僧侶轉動長脖子。

「如此便再無後顧之憂，去吧！」

「是、是……！」

女神官忍著痛點頭回應，哥布林殺手默默繼續前進。

現在只需要看著前方。沒有比這更輕鬆的事。

他將注意力放在女神官所在的左側，揮動生鏽鐵劍，迅速且俐落地砍斷小鬼屍體的腳，踩爛對方。

在解決掉不曉得第幾隻小鬼時，劍斷成兩截飛出去，反而成了剛剛好的長度。

劍果然就是要這個長度。哥布林殺手將之舉起，朝前方投擲。

沒有旋轉、直線射出的劍，不偏不倚命中哥布林的喉頭。

「哇!?」

哥布林殺手抱著女神官衝向前，踢倒那隻小鬼，一腳踩下。

腐敗的血肉味、泥巴、屍體散發的惡臭、內臟。全都和平常一樣。

然而這裡沒有慘叫聲。理應早已喪命的哥布林，在他的鞋底蠕動。

哥布林們未持武器，用空洞的眼窩看著這邊，雙手伸向前方，低吼著逼近。

「真不痛快。」

這不是哥布林。

哥布林殺手忿忿地說，看著被他數度摧殘到只剩劍柄的劍。

無法補充武器。他慎重地放下女神官，舉起左手的盾。

「行嗎。」

「沒問……」女神官踩到地上，痛得呻吟。「……題……！」

「好。」

她忍住從眼角滲出的淚水，點頭，拖著一隻腳向前邁步。

離山頂不遠了。這一小段距離，感覺起來十分漫長。

短短一瞬間，女神官因為放心不下的緣故，忍不住回頭看了一眼，只見他正揮出圓盾。

圓盾雖小，邊緣卻打磨得十分銳利，猶如柴刀掃開樹枝般斬下腐爛的四肢。

後方還有妖精弓手的箭、礦人道士的手斧、蜥蜴僧侶的爪爪牙尾在大顯身手。

霧氣淡得不可思議，理應是在霧中展開的戰鬥，女神官卻看得格外清楚。

妖精弓手忽然抖動長耳，抬起頭，笑著對她揮手。女神官點頭。

她按著疼痛不已、彷彿心臟位在該處的大腿，吸氣，吐氣，站穩腳步。

伸手抓穩錫杖，以此為依靠，從傷口流出的鮮血經由手掌流向杖柄。

女神官用力握緊它。

曾經在大陸肆虐的病毒魔神，據說是用與詛咒不同的方式操縱屍體。

萬一這次也一樣──她往平坦的胸口吸滿空氣，驅散這股不安。

之後只需祈禱就好。並非要由她親自去達成什麼。她只不過是中間人。

──所以，沒什麼好擔心的。

女神官看了骯髒的鐵盔最後一眼，隨即緊閉雙目，開始禱詠。

將自己的意識與天上的領域連接，直接祈願。溫柔的指尖，撫慰了虔誠信徒的靈魂。

「『慈悲為懷的地母神呀，請將神聖的光輝，賜予在黑暗中迷途的我等』……！」

閃光——慈悲為懷的強烈白光，蓋過了魔霧生成的白色黑暗。

§

「……哇。」

霧氣彷彿被掃帚掃過般瞬間散去後，妖精弓手率先感嘆。

她踩著長了些許青苔的溼潤土壤衝上山，在中途環顧四周。

天空萬里無雲，空氣清澈，長耳隨著舒適的微風搖晃。

與前一刻還瀰漫混濁霧氣的場所不同，丘陵充滿安詳靜謐的氣息。

用土隨便堆成的柱子排成數排，放眼望去隨處可見。

妖精弓手用弓輕戳立在一旁的柱子，鬆散的土堆便垮了下來。

那是不久之前還在蠢動、對他們露出利牙的怪物的下場。

儘管已經親眼看了兩年多，神聖奇蹟引發的現象，依然讓妖精弓手難以置信。

「全變成鬆垮垮的土了……」

「即所謂的塵歸塵，土歸土。」

蜥蜴僧侶晃著沉重身軀跟上，悠哉地說。

動作遲鈍也是自然的，他正嚼著帶來當乾糧的起司，彷彿要清除口中的氣味。

用起司漱口會是什麼樣的味道，妖精弓手十分好奇。

「其他領域的惡魔姑且不論，小鬼死後也會還諸天地，實乃善事。」

「對了，傷口……！」

當然不是指蜥蜴僧侶的傷。他在整個團隊中是最強壯的。

綁成一束的頭髮於空中飛揚，她在途中敲了下礦人道士的頭，被他「唉唷」瞪著，在山坡上奔走。

「那孩子呢!?」

「上面。」被她追過的哥布林殺手應道。「幫她看看。」

他砸垮小鬼屍體變成的土塊，確認他們真的停止動作。

妖精弓手扔下一句「交給我吧」，轉眼間抵達山頂。

「還好嗎!?」

「……不好意思，花了些時間。」

眼前是癱倒在地、臉色蒼白，卻露出堅強微笑的女神官。

神官服雖然嚴重破損，鍊甲倒沒有被貫穿的樣子。

妖精弓手更擔心的是女神官如打直般伸長的大腿。

看見包住傷口的繃帶滲出血來，妖精弓手面色凝重，抱著胳膊：

「這種時候，大可對自己用神蹟吧。」

「可是，說不定之後還會發生狀況……」

「……妳被那傢伙的教育荼毒了。」

不顧形象地咂舌的友人，令女神官面露苦笑，她用錫杖撐著身體試圖站起。

然而，疼痛的腳怎樣都使不上力，動作就像個孩子般顫抖、不穩。

受不了……妖精弓手嘆著氣，露出「真拿妳沒辦法」的微笑。

「來，抓住我。」

「對、對不起……」

她說著「好啦好啦」制止愧疚至極的女神官繼續道歉，撐住她的身體。

妖精弓手也屬於纖細體型，但森人跟凡人的體能不可相提並論。

「是說。」妖精弓手扶好女神官。「竟然能把那麼多的活屍一網打盡。」

「不死者的話，照理都會害怕詛咒被解除……幸好有效。」

邊說邊鬆了口氣、輕撫平坦胸口的少女，從頭到腳都是泥巴。

帽子、漂亮的金髮、白色的衣服及靴子莫不如是。她剛才整個人倒在泥中，所以這也無可奈何，不過。

「……傷腦筋。」

看她高興得連沾到臉頰、鼻尖的泥巴都毫不在意，妖精弓手也沒了責怪她的興致。

——得好好訓一頓歐爾克博格。

她的眼睛立刻捕捉到一面和礦人道士討論、一面爬上山的他。

儘管隔了這麼一大段距離，她的耳朵當然聽得見同伴的對話。

「你怎麼看？」

「先不論有沒有小鬼死靈術師，剛才的魔神未必是幕後黑手。」

「是嗎。」哥布林殺手意外地說。「我還以為魔神就是那種東西。」

「若是之前在迷宮遇到的只冒出手臂的高等種（Greater），或許有可能……」

礦人道士拿起腰間的酒瓶大口灌酒，謹慎地捻著白鬍鬚，瞪向天空：

「但這次的只是嘍囉。雖然在低等種（Lesser）中算比較強的。」

「用哥布林譬喻，就是鄉巴佬（Hob）嗎。」

「別把魔神譬喻成小鬼。」他板起臉。「強度雖不同，階級倒是差不多。」

「意思是，背後有下指示的人嗎……」

「十年前的戰鬥就是那麼回事。」

十年前——冒險者們進入世上最幽深的迷宮，「死」（Dungeon of the Dead）之迷宮探索。

滿溢而出的「死」成了亡者大軍，將四方世界搞得一團亂。

抵達最深處的六名冒險者阻止了混沌的野望，礦人道士對這件事記憶猶新。

畢竟，小鬼殺手的團隊之前才踏進過那座被人放置的迷宮。

「不過，搞不懂他們的目標喏。製造活屍，只為了襲擊村莊。」

「是哥布林會幹的事。」

「沒有啦。」礦人道士說。「就怕土塚山下埋著不淨的源頭或在搞什麼邪教儀式……」

煩惱起來沒完沒了。雖然不至於無從下手，實在沒那個餘力確認答案。

「我看最好先回公會報告，待其他冒險者調查過再說。」

「嗯。」哥布林殺手點頭。「不是哥布林的話，我應付不來。」

哥布林殺手依舊開口閉口都是哥布林，妖精弓手氣得長耳倒豎：

「喂，歐爾克博格！你應該要更用心點顧好人家才對啊！」

「我有感到抱歉。」

不出所料，傳入耳中的是冷淡的回應。

妖精弓手哼了一聲，夾在兩人之間的女神官「不，請別這樣」地縮起身子。

「我、我沒關係的……」

「告訴過妳好幾遍了，妳可以更生氣一點。」

見她邊回了句「對不起」邊把身體縮得更小，妖精弓手忍不住嘆氣。

礦人道士逮到這個好機會，自然地插嘴：

「別氣呼呼的啦，鐵砧。嚙切丸又不是完全沒掛心，這點妳也明白吧。」

「唔，好吧……是沒錯。」

「比起這個，沒有其他會動的玩意了？」

「沒了啦。除了我們以外，一點聲音都沒有。」

妖精弓手得意地說，搖晃引以為傲的長耳。

礦人道士之所以心服口服地回道「這樣啊」，也是因為不得不承認森人的聽力確實敏銳。

既然如此，代表戰役結束了吧。

女神官總算放鬆下來，對走到山頂的哥布林殺手低頭致歉：

「對不起，哥布林殺手先生。如果我能做得更好……」

「……」

哥布林殺手沒有馬上回答，鐵盔微微轉向妖精弓手。

妖精弓手一語不發，抬起下巴催促他說些什麼。

他低聲沉吟，轉頭面向女神官：

「……妳不必道歉。」

——就這樣？

不，不對。女神官也明白，這是他在思考措辭時的沉默。

「做得很好……謝謝。」

「！是！」

僅僅一句話，對她來說便足矣。

女神官臉上綻放笑容，頻頻點頭。若她是獸人，搞不好還會搖尾巴。

「怎麼樣？歐爾克博格。雖然跟預定計畫不太一樣，也沒找到寶物……」

妖精弓手見狀，信心十足地「哼哼」展開雙臂：

「遇到未知的怪物，奮力突破重圍，最後來個起死回生的大勝利！這正是所謂的冒險喔。」

「嗯……不是剿滅哥布林。」

妖精弓手聞言，心情似乎越來越好，不斷重複「對吧對吧」。

因此，她才會沒聽見吧。

但那微弱的自言自語聲，確實傳進了女神官耳裡。

哥布林殺手毫不掩飾不悅，咕噥道：

「那麼……哥布林又在哪。」

§

比謠言傳播速度更快的，是風？是光？還是閃電？

「欸，你聽說了沒？就是那個地母神的……」

「嗯。她是那個對吧？哥布林的……」

酒客們熙熙攘攘，私語聲不絕於耳。

冒險者公會附設的酒館中，此乃熟悉的景象之一。

深信無憑無據的傳聞，沒親眼見過，卻假裝自己很瞭解。

不僅僅是出於愛湊熱鬧的低級興趣。

在這個四方世界中，即便親自確認過，也無法肯定情報就完全正確。

被幻術、幻影迷惑，因知識不足未察覺惡虎是虎，又或中了他人暗地策劃的陰謀。

黑社會裡流傳著這麼一句話——哪怕是和祖母吃飯，也別忘了私下探個路，可謂相當中肯。

換成新手冒險者，就更不用說了。

他們只聽過村裡長老或家人胡謅的故事、童話。

從剛來到城鎮隨即成為冒險者、踏上旅途這點來看，或許還稱得上勇敢有行動力。

具備「謠言頂多聽聽就好」的智慧，還有能力確認其真偽的年輕人並不多。

不如說——那是年輕人才擁有的特權。

沒多少知識也沒多少經驗，僅憑自身才智就向一切——向世界發起挑戰的勇氣。

那是過於尊貴，不能以愚蠢或有勇無謀來嘲笑的行為。

在酒館此起彼落的流言蜚語，正是活力的證明——然而。

「唔唔唔唔……」

對於打倒了化為活屍的哥布林以及操縱他們的魔神，回到鎮上的女神官而言，並非如此。

發出分不清是呻吟聲還是哭聲、趴在桌上的她，手上拿著空空如也的酒杯。

前一刻還白皙如雪的少女容顏及肌膚也變得紅通通的，喝酒的速度快到足以令礦人道士瞠目結舌。

毫無疑問是在喝悶酒，她難得——搞不好是第一次這麼做。

「沒、沒必要放在心上啦？」

妖精弓手輕輕撫摸女神官駝起的背，「乖乖乖」安慰她。

「謠言這種東西，通常不會持續太久。大家很快就會忘記了。」

「長耳朵們口中的『很快消失的謠言』，其實是『流傳數百年的傳說』吧。」

「不然我還能說什麼嘛？」

妖精弓手豎起眼角及長耳，一臉「你少多嘴」地瞪向從旁調侃她的礦人道士。

但礦人道士看起來毫不在意，拿起酒壺幫自己倒酒，豪邁地一飲而盡。

他完全沒表現出為女神官著想的態度，妖精弓手的耳朵及眼角豎得越來越高。

礦人道士有如面對笨徒弟的師父，「哎呀呀」隨口說道：

「偶爾也是需要暴飲一番的啦。就讓她喝唄喝唄，喝到爽為止。」

「但也該有個限度吧……」

「別沉溺其中就好。有時發洩出來會好過一些。」

基本上，她是個會把太多情緒悶在心裡的傻女孩。

他們對彼此的過去一無所知——交朋友哪還需要族譜？——就這樣組了兩年多的隊。

他只知道這名少女是在地母神寺院長大的孤兒。

即使如此，比起自身的感受及幸福，這女孩更傾向以他人為優先，這一點他很明白。

「何不去跟嚙切丸撒撒嬌咧。」

女神官「嗯——嗯——」發出意義不明的咕噥，礦人道士用粗糙的手掌輕拍她的肩膀。

她連對此的回應都講得不清不楚，蜥蜴僧侶愉悅地轉動眼珠子：

「不外乎，是想在小鬼殺手兄面前顧及形象吧。」

他用大木桶代替椅子坐，看上去十分愜意。

「倘若再稚拙些，或許還能坦率地撒嬌，但神官小姐想讓人認同她已破殼而出。」

只不過，她既無法忍受這些謠言，又覺得為此哭鬧太丟臉，更認定無所作為的自己很沒用。

所以才會像現在這樣跟他們撒嬌。蜥蜴僧侶喉嚨震動，輕笑出聲。

這無疑是凶猛肉食野獸的笑法，同時也是充滿無限親愛之情的僧侶笑容。

妖精弓手一副不以為然的態度哼了一聲，趴下來靠到女神官身旁。

她伸長雙手，維持邋遢的姿勢，轉動頭部瞥向蜥蜴僧侶：

「僧侶就該像個僧侶，講話含蓄一點啦。」

「嗟哉嗟哉……」

妖精弓手抬起視線盯著他，蜥蜴僧侶像在思考什麼似的，舔了下鼻尖。

上森人（High Elf）正用因酒精而朦朧的眼眸、泛紅的臉頰注視自己。若是一般男性，肯定會心生動搖。

但蜥蜴僧侶心如止水，冷靜且莊重地開口：

「此等惡言惡語，大可不必放在心上……貧僧是這麼想的。」

「……因為啊，雖然不知道真假——」

妖精弓手豎起雪白的手指，在空中畫了個圈。

「總有個帶頭散播謠言的傢伙吧？那人在說這孩子的前輩的壞話耶。」

內容簡直不堪入耳，對她來說也絕非與自己無關的事。

之前，妖精弓手故鄉的同胞和森林曾遭小鬼襲擊。她自己也有過被小鬼壓在地上的經驗。

儘管她並非會頻頻回首過去、一直鑽牛角尖的個性，那確實是會讓人怕得發抖的經驗。

因此妖精弓手沮喪地垂下長耳，喃喃道：

「你不會好奇……對方到底在想什麼嗎？」

「流言蜚語乃戰之常。況且也不見有魔咒一類的可能。」

蜥蜴僧侶緩緩搖頭，語氣堅定，彷彿要吹散她微弱的聲音。

「徒具敵意卻缺乏勇氣，對方是在武力前會閉上嘴的鼠輩，機率不亞於星辰天降。」

「……被人說成這樣，不會覺得很討厭嗎？」

「若因這點小事受挫，僅是點出自身的脆弱。故不足為懼。」

蜥蜴僧侶一如往常，斬釘截鐵地說。

稍嫌過分的語氣令妖精弓手應了句「你這蠻族」，鬧脾氣般噘起嘴，咯咯笑著。

「長耳丫頭醉得真厲害。」

「因為她陪神官小姐喝了不少。」

兩名男性無奈地苦笑，面面相覷，聳聳肩膀。

萬一她們真的喝到不能動，只要請其他女性冒險者幫忙，把她們送到二樓的旅館即可。

既然如此，今晚乾脆喝個盡興——就在這時。

「上菜——慰勞品來囉——！」

獸人女侍發出啪噠啪噠的輕快腳步聲（Padfoot），跑到一行人（Party）的座位旁。

她用托盤端著冒煙的鐵鍋，以及一籃麵包。

「飯……？」

「喔，飯來了飯來了。可不可以讓開點？小心燙喔。」

妖精弓手立刻抬頭，抖動鼻子，「哇——」舉起雙手歡呼。

蜥蜴僧侶則在這段期間輕輕挪開還趴在桌上的女神官。

「嗚～……？」

「別光喝酒，若不往胃裡填點東西，會消化不良吶。」

女神官有如睡茫的孩子，咕噥著回答「是」，徐徐坐了起來。

但很快就又癱在椅子上，垂下頭——……

「來，請用蒜味冰魚（Ajillo Ice Fish）！」

獸人女侍氣勢洶洶地將熱騰騰的小鐵鍋，放到清空的桌面上。

鍋裡是用還在冒泡的阿利布（Olive）油煮至軟爛的洋蔥及小魚。

加入香料和大蒜燉煮的這道料理，散發出難以言喻的香氣，蜥蜴僧侶張大鼻孔。

雖然他注意的八成是一起送上來的籃子裡裝的麵包及起司。

「冰魚產季是產卵前的冬天吧。這樣會好吃嗎？」

礦人道士好奇地盯著鍋內，被又辣又甜的蒸氣薰得瞇起眼，開口問道。

「哼哼。」獸人女侍得意地挺起形狀姣好的胸部。

「今年春天很冷，所以還抓得到一些有蛋的冰魚！」

既然如此，之後只需實際嘗嘗便知。

礦人道士盛了一堆小魚和洋蔥到自己碗裡，吹著氣大快朵頤。

又甜又辣的味道刺得舌頭發麻，柔軟的魚肉入口即化，與洋蔥的口感搭配在一起，形成無法用言語形容的美味。

起初抱持戒心的妖精弓手，隨後也發現只要吃洋蔥就行了，心情大好。

至於蜥蜴僧侶，他將起司放到麵包上，泡進鍋子再送入口中，大叫一聲「甘露」。

「所以，那孩子怎麼了？被甩了嗎？」

女神官無視獸人女侍說的話，低頭默默動著湯匙。

「……我看她這麼難過，才送慰勞品來耶。」

「是因為那個謠言啦，謠——言。」

妖精弓手瞇眼望向獸人女侍，用帶刺的語氣碎念「真搞不懂到底哪裡有趣」。

她的視線並未真的對上任何人，而是針對散播謠言的那些不入流的傢伙吧。

見妖精弓手毫不掩飾不悅，獸人女侍「噢噢」點了下頭。

「嗯——我也不太喜歡這樣。不過消息靈通的人好像已經有動作了。」

「何出此言？」

蜥蜴僧侶停止嚼麵包起司，嚴肅地插嘴問。

大概是沒想到他會好奇，獸人女侍「嗯——？」用肉球按著臉頰：

「之前啊，有個水之都的酒商跑來問我們要不要改跟他們進貨，別買地母神寺院的酒。」

「生意人喏……」

「不過，這手腳還真快吶。」

「但大叔拒絕了啦。」

理當如此。圃人（Rare）廚師長人緣好、廚藝佳，是值得信賴的人。

親自用舌頭確認過的酒，對比憑空冒出來的謠言及商人，孰輕孰重根本用不著考慮。

當然——也有很多時候，跟上趨勢、流行會帶來好的結果。

換言之，這是自身的立場（Stance）問題。

生死只有一線之隔。冒險者和商人皆如是。

「術師兄怎麼看？」

「問我也不會知道答案喔，長鱗片的。」

礦人道士和蜥蜴僧侶迅速交換意見，以決定自己的立場。

這幾天才傳出的謠言，有辦法這麼快就做出反應？

然而以商人來說，沒做虧心事才奇怪。

有巨額金錢流動的地方，檯面下必有黑手（Runner）偷偷在陰影處奔走。

計算價格、計算得失等和金錢有關的事項，屬於礦人智慧的領域，只不過——……

——搞不懂啊……

看來酒精還不夠。礦人道士用力點頭，將地母神的葡萄酒注入杯中，大口飲下。

「話說那個怪人跑哪去啦？真的是喔。」

對話中斷之際，獸人女侍扠著腰打了個岔。

「就是這種時候，才更應該好好照顧這孩——……」

「哥布林殺手先生他——」

女神官突然用微弱低沉——有點像他——且清澈的聲音開口。

「……和平常一樣去公會回報，回家了。」

獸人女侍「哎呀呀」用肉球拍了下額頭，仰天長嘆。

——唉，所以說那個怪人就是這樣！

§

「不是哥布林。」

「咦，這樣子嗎？」

「是屍體。」語畢，他又加上一句：「會動。」

「原來如此，哥布林活屍對吧……還有呢？」

經櫃檯小姐這麼一問，哥布林殺手歪過頭，陷入沉思。過了一秒。

「有惡魔。」

「惡魔。」

「紅色的。」接著，他像突然想起似的補充道：「會飛。」

原來如此。櫃檯小姐輕輕點頭，在櫃檯上撰寫報告書。

聽冒險者回報委託，將其整理成文件，是冒險後（After Session）公會的職責。

這也理所當然，因為會反映在升級的審查基準——即經驗值上。

當然會有卑鄙小人為自己的功績加油添醋……所以萬萬不可大意。

公會職員也不見得照單全收，不過，評定信用是他們的工作。

——話雖如此。

櫃檯小姐偷偷嘆氣，窺看對面的鐵盔底下。

——這個人似乎已經沒打算再升級了。

所以她才不時有機會和他閒聊幾句，可以說有點賺到吧。

公私不分當然不好，櫃檯小姐也完全沒有混水摸魚的念頭，不過……

「怎麼了。」

「啊，不，沒事。」

他突然搭話，櫃檯小姐搖搖頭，辮子隨之晃動。

大概是因為她的筆停下來了。或者發現她在看他？

櫃檯小姐清了下喉嚨以掩飾害羞，硬是扯開話題：

「所以，呃……怎麼樣？」

「什麼東西。」

「那孩子。」櫃檯小姐垂下目光。「最近不是在傳某個謠言嗎？」

女神官——稚氣尚存的那名少女，當上冒險者也滿兩年了。今年十七歲。

她逐漸成為一名成熟的女性，從冒險者的角度來看也有所成長，最近還有升級的計畫。

就在這時——傳出和哥布林有關的負面傳聞。

櫃檯小姐把她當成妹妹看待，也是重要的朋友，是即將成為主力冒險者的珍貴人才。

這並非公私不分，而是於公於私的看法都相同，櫃檯小姐不可能置之不理。

「……是啊。」

哥布林殺手在鐵盔底下低聲沉吟。

「看起來很沮喪。」

「……請您多多關心她喔？」

「我去關心她，也沒什麼意義。」

哥布林殺手緩緩左右搖動鐵盔。

「對她說『既然妳沒事，就別放在心上』，有意義嗎。」

「這個嘛，或許是這樣沒錯……」

櫃檯小姐想起女神官的第一場冒險。

在公會結交的同伴。對彼此還一無所知，懷著夢想、希望與正義感向前奔馳。

思慮不周、愚昧。要貶低他們很容易，然而，應該不是這樣的。

那之中理應存在著每位冒險者都擁有的高貴情操。

只是在成長前就遭到蹂躪了——……

於是，一位冒險者獨自倖存下來。再度淪為孤兒的少女。

她之所以能站起來邁向前方，全是多虧有他和夥伴們在吧。

『謠言說的人並不是妳。所以妳不需要放在心上。』

——確實，這句話也許無法成為任何救贖。

不主動起而行，情況就不會改變。他應該是這麼相信的。

然而，櫃檯小姐輕輕放下羽毛筆，露出不同於職業笑容的微笑：

「難過時有人願意為自己做些什麼……比想像中還要令人高興唷？」

例如被堆積如山的委託淹沒，有人願意接下的時候。

抑或是，在祭典當晚被惡徒襲擊，有人出手拯救的時候。

「……是嗎。」

哥布林殺手感慨地說，接著忽然陷入沉默。

他長嘆一口氣，低聲道：

「我還是，不太明白。」

之後那段時間，櫃檯小姐都在聽哥布林殺手回報委託過程，撰寫報告書。

報告完畢後，他站起來簡短說了句「走了」，踩著大剌剌又沉重的步伐離開。

哥布林殺手倏地停下腳步，望向酒館。

夥伴們圍著醉到滿臉通紅的女神官，辛勤地照料她。

他在原地呆站了一段時間，凝視這幅景象，然後緩步走出公會。

櫃檯小姐看著輕輕晃動的門，深深嘆息。

§

「欸，等一下……來這邊！」

哥布林殺手穿過公會大門，暴露在夜晚的空氣中，下一刻手臂就突然被抓住。

他被拖到陰影處，甩開那隻手，看見對方。

從頭到腳用破舊外套蓋住的人型生物。

——哥布林嗎？

不，不對。身高高，聲音也高。他沒有大意，手搭在腰間的劍上，蹲低身子。

哥布林殺手在鐵盔底下轉動眼珠，確認周圍情況。

公會後門，用來給工房和廚房堆放物資的資材放置場。

幫她送貨時經常來到的地方。他熟悉地形。可以戰鬥。沒問題。

「什麼事。」

「……能不能別用這麼低的嗓音跟我說話？」

穿外套的人回以苦笑。

「又不是不認識。」

「那麼。」哥布林殺手一邊用腳尖試探地面的硬度，一邊說道。「把外套脫了。」

對方聞言，輕輕嘆了口氣，一副放棄掙扎的樣子掀開外套。

瞬間，波浪般的黑髮傾瀉而下，褐色肌膚顯露出來。

「我好歹也算有在顧慮才穿成這樣……嘛。」

葡萄修女用指尖搔著神色僵硬的臉頰，默默移開目光。

哥布林殺手緩慢放開腰間的劍，挺直背脊。無須戒備。

「只是在想是不是哥布林。」

「你在挖苦我嗎？」

「不。」哥布林殺手搖頭，沉默了幾秒，接著冷靜回答：

「沒那個意思。」

「這樣呀。」葡萄修女嘀咕著，整張臉笑了開來。

「態度這麼乾脆反而讓人覺得舒服。」

「是嗎。」

「嗯，對。」

接著，對話一時中斷。

葡萄修女尷尬地撥弄捲髮，哥布林殺手等待著她接下來的話。

「……我說啊。」

「什麼事。」

剛下定決心開口便得到這樣的回應，似乎令葡萄修女「唔」一聲瞬間語塞。

不過，她清清嗓子，擠出差點熄滅的勇氣。

無論何事，一旦面對面開了口，就逃不掉了。

「……我在想，那孩子不曉得過得如何。」

「過得如何。」哥布林殺手咕噥道。「是什麼意思。」

「就是，她有沒有在冒險時勉強自己……」

葡萄修女嘟囔著解釋，然後像在自言自語般，小聲補充：

「我的謠言有沒有給她造成困擾，之類的。也有可能是我把自己想得太重要啦。」

哥布林殺手沒能立刻回答。

他在鐵盔底下陷入沉默，低聲沉吟。他不知道該怎麼回答。

「我認為——」他又停頓了一下，用力咀嚼自己的話語。「她做得很好。」

「……是嗎。」

嗯。葡萄修女點頭，輕輕倚著身後的木箱。

放鬆下來了嗎。看在哥布林殺手眼中，也像是全身虛脫。

「是嗎。嗯，那就好。很好就好。」

或者——……

「她好不容易正要往上爬。要是因為我觸了她的霉頭，多不好意思。」

或者像是，不斷告訴自己不會有事時的姊姊的笑容。在他看來。

「怎麼可能觸她霉頭。」

哥布林殺手不禁反駁。他堅定的語氣，令葡萄修女眨眨眼睛。

「妳怎麼可能，觸她霉頭。」

「……那就好。」

語畢，葡萄修女蓋上外套，露出彷彿會在黑暗中崩解的笑容。

「那我走了。」

「……」

哥布林殺手轉頭，指向透出亮光的酒館窗戶。

「不去找她嗎。」

「沒關係。」葡萄修女搖頭。「我不想給她添麻煩。」

「是嗎。」

「是呀。」

她留下一句「再見囉」，揮揮手，小跑步奔向黑夜。

和她擦身而過的冒險者，視線停留在地母神寺院的服裝上，用眼角餘光追著她的身影。

哥布林殺手感覺他們的竊竊私語聲，甚至能傳到鐵盔裡面。

他咕噥了一聲，瞪向掛著雙月的夜空，什麼話都沒說，邁步而出。

§

今晚是個分不清是春、夏還是秋天，十分曖昧不明、模稜兩可的夜晚。
神奇的是半點風都沒有，空氣混濁。
星光稀薄，紅月的月光微弱，只有綠月發出耀眼的光芒。
哥布林殺手並非占星師。無法從天上的星辰流轉判讀宿命及偶然。
因此，他沒有繼續仰望天空，只看著腳下向前走。
真不痛快。
一切都令他覺得不痛快。
腳下明明是乾燥的泥土路，步伐卻沉重得如同踩在泥濘中。
一步，又一步，彷彿要將長靴從黏稠的土中拔出，蹬在大地上前進。
照理說，遠方已經能瞥見牧場的燈火。
他卻沒有抬頭看向那裡，直盯著腳下的泥土，而非星辰。
那是一條漫長無比的路（It's a Long Road）（註2）。他下意識哼起這首歌。

註2　電影《第一滴血》主題曲名。

道路永無止境，讓人覺得會通往天涯海角，怎麼樣都回不了家。
彷彿被街上的喧囂、歸處的燈光，以及曠野狹縫間的黑暗拋下。
甚至聞到了收在記憶深處的那一晚，地板下的臭味。
他一語不發，咬緊牙關。
全是錯覺。該看的只有如今在眼前的事物。一切都結束了。
「──……」
因此，當那個聲音傳入耳裡，他終於成功抬起頭。
他聽見走過好幾次的這條道路、這種夜晚，從未有過的聲響。
那是打破寂靜的車輪轉動聲，吵鬧的馬蹄聲。
搖曳的亮光，從牧場往這邊衝過來。
──馬車嗎。
哥布林殺手手按在腰間的劍上，後退一步讓開道路。
雙駕馬車從他身旁駛過，彷彿在表示骯髒的冒險者連看一眼的價值都沒有。
在星光與月光下，儘管罩著一層夜色，仍看得出那是輛豪華的馬車。
車夫穿得十分體面，裝模作樣地甩動韁繩，按住帽子。
馬車駛向城鎮，他瞪著消失在視線範圍外、有如被黑色顏料塗蓋的馬車，搖搖頭。

真的，淨是些讓人不痛快的事。

§

「……喔喔，回來啦。」

之後，他又花了一些時間才抵達牧場入口，低沉穩重的人聲隨之傳來。

轉頭一看，牧場主人靠在門旁，佇立於夜色中。

「請問怎麼了嗎？」

「我去巡了下牛舍。」

牧場主人像在辯解般答，緊盯著他，嘴巴一開一合。

他猶豫了一會兒，一副放棄掙扎的模樣，問了個安全的問題：

「今天怎麼這麼晚才回來？」

「沒什麼。」他想了一下，慢慢思考措辭。「好像有馬車來過。」

「嗯。」牧場主人點頭，接著極度不悅地搖頭。

「是水之都的酒商。大間的。」

「酒商。」

「他們來問我要不要將心力放在農作上，把這一帶弄成麥田。好像是想釀麥酒。」

「……」

他在鐵盔底下沉吟。

他不知道這是算好生意，還是不好的生意。

不懂的人不該多嘴。這是牧場主人和她的問題。

自己最好別隨隨便便發表意見，他很清楚，也打算遵守。

「……我拒絕了。」

因此，牧場主人說出這句話時，他發現自己在吐氣的同時下意識鬆了口氣。

雖然不太明白為什麼，有種心裡被非常平靜的情緒填滿的感覺。

「創新不一定聰明，守舊也未必安穩，不過……」

牧場主人雙臂環胸，仰望星辰，彷彿在思考該如何表達。他也跟著抬頭望向天空。

繁星與雙月的光輝亮得刺眼。他在鐵盔的面罩底下瞇起眼睛。

牧場主人瞄了他一眼，不久後靜靜開口：

「……我很喜歡現在的生活。」

「……是啊。」

他徐徐點頭。唯有這件事，他可以自信地說出口。

是少數他可以誠心帶著自信斷言的事之一。

「我覺得，這裡是很棒的牧場。」

「……是嗎。」

牧場主人輕聲回應，接著又用毫無起伏的語氣低喃了一句「是嗎」。

「……那孩子煮了晚餐，在等你。」

「好的。」

「吃完飯，就去睡覺。」

說完，牧場主人慢條斯理轉身，走向剛才應該已經巡視過的牛舍。

「畢竟你剛工作完……身體就是資本對吧？」

「……是。」

「好好休息。」

他再度簡短回答「是」，目送牧場主人離去。

動了下鼻子，不知從哪飄來燉煮牛奶的甘甜香氣。

他轉過頭，緩緩走向家門。

腳步依然沉重。

§

她一句話都沒問，看他默默吃著燉菜。

坐在對面，兩手托腮——異於往常的，是她的表情。

平時總是笑咪咪的，不知在高興什麼的她，今天難得沒有面帶笑容。

沉默了一段時間，他用湯匙將燉菜從鐵盔縫隙間送入口中，低聲沉吟。

燈芯燃燒的滋滋聲。犯睏的金絲雀（Canary）的歌聲。遠方的牛舍傳來牛隻不滿的叫聲。

夜風吹過，黑夜的氣息增強。他不經意地望向窗外，星辰、月亮、雲朵都逐漸被遮住。

他將湯匙放到桌上，做好覺悟，靜靜開口：

「怎麼了嗎。」

「那是我要問的吧？」

他「唔」了一聲。她看似無奈——好像不是看似——地嘆氣。

他閉上鐵盔底下的雙眼。在她面前，這頂鐵盔及面罩都沒有任何意義。

有時她說的話會直接刺中他的困惑、他的心臟，不過……

——就是這個嗎。

因為她一直以來都是**這樣**，反而令人感到有些暢快。

不如說，明知會被看穿還試圖掩飾的自己太滑稽了。她會無奈也不奇怪。

「不是工作對吧。」她說。「怎麼了？跟其他人之間的問題？」

他張開嘴，閉上嘴，吸氣，吐氣。

從鐵盔的面罩縫隙間，看得見緊盯著自己的雙眸。

筆直凝視，彷彿看穿了一切，卻在等待他主動開口。

最後，他下定決心，簡短表達自己的心情：

「我在迷惘。」

「以你來說還真難得。」

「嗯。」

師父聽見不曉得會說什麼。不，想必會直接揍他，或嘲笑他吧。

採取行動。那就是師父的教誨。決定去做、展開行動的瞬間就贏了。

不去做就什麼都不會改變。

做不做得到暫且不提，要做還是不做，端看自己的判斷。

當然，一旦失敗就成笑柄囉——……

——老師不厭其煩地講過好幾遍。

自己在迷惘什麼呢。

他的目光落在減少一半的湯盤上，彷彿要逃避她的注視。

「我想幫忙，有這樣的打算。」

「……嗯。」

「但，就算要做，也不知道手段。」

說出口後，他才深刻體會到。做比不做好。然而怎麼做才算好？

剿滅小鬼是多麼單純的一件事啊。衝進敵陣，殺掉（Hack and Slash）。僅此罷了。

為此該做些什麼，他很清楚。隨時都在思考。不過……

——這次沒那麼簡單。

事到如今他才明白，難怪自己會不知所措。

難怪小鬼們只懂得掠奪。東西用做的就好。但，要怎麼做？

煩惱這些事——非常困難。

再說換作是剿滅小鬼，最壞的情況，頂多賠上一條命。

夥伴——思及此，他低聲沉吟——的性命雖然也背負在頭目（Leader）身上，單獨行動就另當別論了。

這次卻不同。

並非自己的問題。也不是小鬼的問題。失敗時擔責的不是自己。

他本來就不認為自己多才多藝。獨力做不到的事情很多。

儘管如此，實際感受到手牌真的太少——還是很討厭。

自己果然沒什麼大不了，只是個平庸的男人，縱使他早已明白。

跟躲在地板下的那時相比，沒有任何差別——……

「……嗯，是這樣嗎？」

她的話語輕輕傳入心中。

「……」

他愣愣地將視線從湯盤抬起，望著她，一副不敢置信的模樣。

她煩惱地歪過頭，陷入沉思，臉上卻帶著微笑。

「我不太瞭解，不過，那是很複雜的問題吧。」

「……恐怕。」

「既然如此……」

她的聲音，單純明快地劃出一條線。

「像平常的你一樣不就行了？」

「平常的我。」

「意思是，盡己所能。」

他啞口無言。她只是笑著，講得輕描淡寫。

那——想必真的是理所當然之事吧。

對她而言，他總是這麼做的。

他在心中望向距今已逾十年、躲在地板下的那名少年，緩緩點頭。

「……是嗎。」

「對呀。」

「……是啊。」

他再度拿起湯匙。

師父聽見不曉得會說什麼。不，應該會直接揍他，或嘲笑他吧。記性差、悟性也差的笨學生。他在鐵盔底下微微揚起嘴角。

似乎注意到了，她加深笑意，靜靜從位子上起身。

「要再來一碗嗎？」

「好。」

§

「路上小心！」

嗯。哥布林殺手只簡短應了一聲，離開牧場。

不曉得是昨晚下過雨，抑或只是朝露。

青草閃耀著水光，天空藍得眩目。

哥布林殺手隔著鐵盔面罩仰望太陽及白雲，緩緩邁步而出。

今天她難得沒說要一起去。

「這樣比較好吧？」她歪過頭問，他不知該回答什麼。

知道的人，大概是她。

因此他乖乖聽話。無論何時，比起自己，都是其他人更懂事。

他沿柵欄前進，遠方，領著牛隻走在路上的牧場主人映入眼簾，他低頭致意。

不清楚對方有沒有回應。不過，他並不會特別想去確認。

默默走在帶著溼氣，卻因朝陽的關係逐漸溫暖起來的泥土路上。

過沒多久，他來到幹道上，然後踏上通往邊境之鎮的道路，人也變多了。

小時候，從想成為冒險者那時起就嚮往踏上的道路。

加入公會後，在鎮上活動期間每天都會經過的道路。

哥布林殺手走在無意識也認得的路線上，一邊沉思。

他側身穿過擁擠人潮，直線向公會前進。

推開那扇彈簧門前，他突然駐足，抬頭望著公會。

仔細想想——他看過這棟建築物第二眼嗎？

已經將近七年了……

「……您不進去嗎？」

背後有人向他搭話，哥布林殺手慢慢回頭。

仔細一看，是微笑著站在他的影子底下，櫃檯小姐那熟悉的身影。

她慎重地抱著全新的墨水瓶、羽毛筆等小東西。

櫃檯小姐察覺到視線，語氣輕快地告訴他：

「我沒遲到喔？是臨時幫忙跑腿。備用的墨水瓶蓋子沒蓋緊，好像乾掉了。」

哥布林殺手思考著該說什麼，在空中尋覓適當的辭彙，低聲沉吟。

「不。」他開口否定，卻連自己都不清楚在否定什麼。

「我只是在看。」

「這樣呀……每天不都會看到嗎？」

「嗯。」

哦——櫃檯小姐似乎在想什麼，將東西抱到形狀優美的胸部前。

她抬起視線，透過鐵盔面罩仰望著哥布林殺手。

「……不過的確，雖然每天都會看到，有時就是會想仔細觀察一番呢。」

「是這樣嗎。」

「就是這樣。」

哥布林殺手又咕噥了一句「是嗎」，看看櫃檯小姐，然後望向公會。

建築物本身毫無變化。

不，他並不記得公會一開始的模樣。因此根本不會察覺公會有變吧。

他凝視了公會一陣子後，搖搖頭，再度面向櫃檯小姐：

「今天、明天。」他簡短說道，仔細咀嚼這句話的含意。「大概沒辦法剿滅哥布林。」

「哎呀。」櫃檯小姐故意睜大雙眼，表現出驚訝之情。「您要休息嗎？」

「也不是……」

「……呵呵，這樣呀。傷腦筋耶……」

沒事沒事。櫃檯小姐臉上貼出笑容，略顯困擾似的用指尖玩弄麻花辮。

哥布林殺手心想是否該說些什麼，張開嘴，話卻出不來。

好不容易擠出口中的，是短短一句「是嗎……」。

聽見幾乎無意義的語彙，櫃檯小姐終於輕笑出聲：

「沒問題的。」

哥布林殺手在鐵盔底下眨眼。

「因為，委託並非都只交給您一個人。」

不用擔心！櫃檯小姐得意地挺起形狀姣好的胸部。

「所以，請您別在意這邊！」

「是嗎。」哥布林殺手吐出一口氣。「會盡快處理好。」
「嗯。先不論這個，您願意幫忙我就很高興了。」
櫃檯小姐臉頰微微泛紅，像隻陀螺鼠般衝上前。
隨後在彈簧門前停下，轉身面向他。麻花辮有如一條尾巴，在空中甩動。
「無論您要忙什麼事都請加油！我會為您打氣。」
「嗯。」
哥布林殺手的回應簡短、低沉且冷淡。
櫃檯小姐開心地收下他的回應，踩著彷彿跳舞似的腳步，消失在公會中。
目送她離去，他看著晃動的彈簧門，緩緩前進。
踩著大剌剌、隨意、雜亂的步伐，一如往常。
「就說了，主動介入有時也是冒險的一種！」
走進公會瞬間聽見的聲音，令他停下腳步。
是長槍手。
轉動鐵盔望向的地方，是冒險者們各自休息的等候區一角。
長椅上坐著少年斥候、少女巫術師（Druid），以及新手戰士、見習聖女、白兔獵兵。
不——哥布林殺手搖頭——他們已經不是新手，也非見習生。
年長的冒險者們圍著這幾位少年少女。

「只是乾等著委託送上門來，稱不上一流冒險者。」
在語氣如同教師的長槍手旁邊，魔女將性感身軀靠到長椅上，開口：
「對、呀。」不知為何，她的輕聲呢喃竟傳得到哥布林殺手耳裡。
「冒險，會……從何處，開始……這種……事，唯有神知道……喔？」
哼嗯——雖說已逐漸累積起相應的經驗，那五個人好像還沒什麼開竅。
少年斥候略顯納悶地歪過頭：
「是喔？」
「嗯，沒錯。沒人知道拯救世界的冒險種子究竟掉在哪。」
女騎士雙臂環胸，得意地頷首。
「邪神復活的前兆、異次元之門、地獄洞穴。不學會看清這些，可是活不下去的喔。」
還真敢講。重戰士傻眼地撐著臉頰，卻沒有要瞎攪和的意思。
大概是因為——對他而言，某方面來說確實如此。
「總之啊，」重戰士朝聽見「拯救世界的冒險」一詞仍無法想像的少年少女說：
「去洞窟深處剿滅怪物時，要是發現一座遺跡，通常會調查對吧？」
「啊，這個我懂。」

啪。少女巫術師拍了下圃人小小的雙手，點點頭。這樣她就明白了。

「那可能就是怪物產生的原因，況且未知的遺跡說不定有很多值錢的東西。」

不過呢——半森人（Half Elf）劍士以優雅的動作加入對話。

「需要事前準備就是了。橫衝直撞地闖進去很可能會死。」

這點必須再三叮嚀。女騎士「唔」鼓起臉頰，重戰士忍不住偷笑：

「所以囉，得先走一趟水之都。這傢伙是至高神的信徒，到神殿去吧。」

重戰士毫不顧忌地伸手摸了正在鬧脾氣的女騎士的頭，喉間傳出笑聲。

「那裡跟地母神神殿也有點關聯。想調查謠言，必須靠人脈。」

「啊——那我……該怎麼辦咧。」

長槍手皺著張臉，嘀咕道「我不擅長都市冒險耶（City Adventure）」。

如今回想起來，真該多請教一下第一年遇到的銅等級冒險者。

調度食岩怪蟲討伐隊的人際手腕，肯定能拿來參考。

「認識的冒險者會到水之都跟我會合，在那之前就共同行動吧。」

長槍手思考著喃喃說道，魔女「是、呀」以美豔的動作點頭。

「感覺……會，演變……成，重大的……事件。」

搖晃著豐滿的乳房，取出長菸管，敲擊前端念了句咒文。

火花迸出，她從點燃的菸管吸入甘甜煙霧，慵懶地抽了一口。

「人手……怎樣……都、不嫌多。」

「可是——」

「對呀。」

始終默然聽著的新手戰士和見習聖女面面相覷，點頭。

「記得是前年的事吧？牧場遭到襲擊時，你不是還說『沒提出委託誰要幫忙』……」

「哦……雖然我不是很懂謠言這種東西。」

呼嚕呼嚕，白兔獵兵全神貫注地攪拌碗裡的麥粥，抖動長耳。

一邊鼓動著塞滿滿的腮幫子咀嚼，「原來如此——」悠哉地瞇起雙眼。

「……意思是，這個人是好人囉。」

「啊——囉嗦囉嗦！美女有難，伸出援手是男人的夙願啦！」

長槍手大吼道，少年少女們「哇——哇——」開心似的尖叫。

重戰士、女騎士、半森人劍士愉快地看著這幅景象，之後才適度地制止他們。

至於魔女——她呵呵一笑，斜眼瞄向**他**。

「……」

哥布林殺手一語不發，始終站在原地旁觀。

並非不知所措，也不是茫然。他自己也不曉得該如何表達。

「哼哼。」

刻意讓人聽見的自豪笑聲傳來。那是宛如鳥囀的美麗嗓音。

那個人坐在哥布林殺手平常坐的角落長椅上。

「冒險者就是這樣。」

妖精弓手得意地晃動長耳，笑咪咪看著他。

旁邊是拄著頰、一臉無奈的礦人道士。蜥蜴僧侶則面帶看透一切的表情站在牆邊。

女神官被他們包夾，緊張地縮著身體。

她忽然抬頭往這邊看過來。臉上漾起笑容：

「哥布林殺手先生，那個……！」

他緩緩搖頭。他知道自己在面罩底下揚起了嘴角。

凡事都是如此。師父說得沒錯，他的腦袋非常遲鈍。

無論何時，比起自己，都是其他人更懂事。就是這樣。

「嗯。」他說。「馬上過去。」

然後，哥布林殺手向夥伴們邁出步伐。

他的腳步，遠比踏上歸途時更加輕盈。

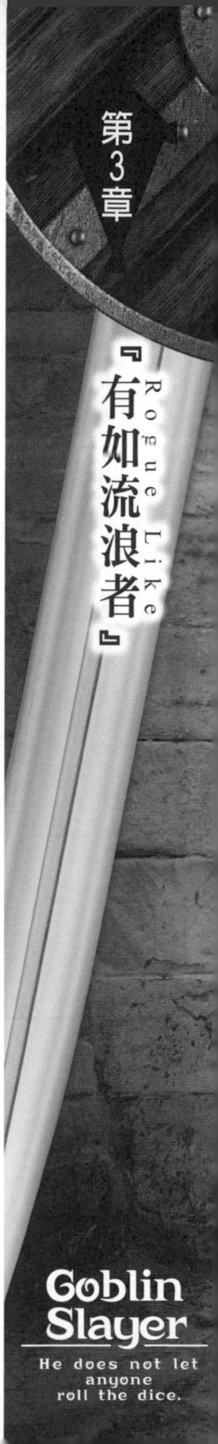
第3章
『有如流浪者』
Rogue Like
Goblin Slayer
He does not let anyone roll the dice.

他問「要來嗎」的時候，為什麼自己反射性回答了「要！」呢？
女神官走在散發腐臭味的暗巷，有那麼一點後悔。
眼前是默默前行，身穿粗糙鎧甲的背影。
儘管已遷就她的步伐，女神官仍非得小跑步才追得上他。
「噠噠噠」地追著他的背影，將錫杖抱在莫名心跳加速的胸前。
在這座城鎮生活了好幾年，沒想到還有這種地方。
貧民窟——或許該這麼稱呼它吧。
雖說邊境鎮被定為開拓據點之一，還是會沿用鎮上原有的設施。
因此，她戰戰兢兢環視骯髒、破爛的民宅擠在一起的畫面。
生平第一次踏入鎮外漫無秩序地向外蔓延的這一帶（Sprawl）。
當然，她是地母神的神官。
不會對癱坐在地、兩眼無神、身穿破衣又汙言穢語的人產生嫌惡感。

不，應該說縱使不敢接近，倘若對方需要幫助就另當別論了。

雖然如今的她，已經沒有天真到會對任何人都伸出援手……

——果然該請她跟我一起來嗎？

她邊想邊加快腳步，彷彿要向那不知不覺拉開距離的背影尋求依靠。

『要不要我陪妳？』

還在冒險者公會時，妖精弓手問過她。

『我去找人幫忙。』在他如此提議，接著說：『你們保護寺院。』之後。

敵人——前提是有的話——目的及動向尚未明朗。需要做好準備。

原來如此，考慮到幾天前的冒險，亡者和小鬼未必不會盯上地母神寺院。

也就是說，哥布林殺手願意在這種狀況下採取行動。

光這樣就令她異常興奮——……現在回想起來，或許是因為如此，她才會在聽見那句分不清是問句還是告知的「要來嗎」時，回答了「要！」

然後對妖精弓手說——大概吧，她也記不太清楚——寺院那邊同樣令人擔心，所以不用陪我去，之類的。

看她隨口就能講出一串理由，其他人都為之無奈——的樣子。

——嗚嗚……

回想起來，真是糗到她的臉燙得快要噴火。

——我都十七歲了耶。

直接面對自己幼稚的一面，對女神官來說非常可恥。

許多冒險者都在為此行動。

就算去除掉自以感覺良好的那部分，他們也是為了地母神的寺院，以及自己的家人而奔走。

總覺得，該怎麼說呢，非常成熟……她心想。遠比自己成熟許多。

正因如此，她壓低音量啟齒，以免這種心情被他察覺到。

「那、那個，哥布林殺手先生……」

「什麼事。」

「你說的人……你認識的人，在這一帶……嗎？」

她感到意外。同時也覺得很正常。

兩人共同度過的時間稱不上短。

只出沒在牧場、公會、洞窟的他，在鎮上會有認識的人嗎？

然而別看他這樣，其實經常若無其事地向陌生人搭話。

而且非常熟練（Veteran）。某種意義上，他的人脈廣可以說是理所當然。

——都三年了。

這個人還是深不可測。女神官有點寂寞，同時也很高興。

有種令人雀躍的書，還剩下好幾頁可以讀的感覺。

「確實是我知道的人，但不能說認識。」

他低聲沉吟後，簡潔地說明。女神官頭上冒出好幾個問號。

「什麼意思……？」

「來了就知道。」

他都這麼說了，女神官也不方便再多問什麼。

哥布林殺手像在找東西似的，一面四處張望，一面在貧民窟游走。

女神官宛如一隻幼鳥，拚命追在後面，卻不明白他在找什麼。

過一陣子，他大概是發現女神官有多賣力了，像平常那樣淡淡開口：

「暗號。」他低聲說道。「師父告訴我的。」

「暗號……」

「他們會做**記號**。在門上。」

「噢……」

不久後，他在一棟房屋前停下腳步。

獨自佇立於鎮外的，小小的——……

「雜貨店……？」

女神官看著鍊條行將脫落的吊牌，歪著頭。

這就是暗號嗎？不對，哥布林殺手說暗號在門上。

她沉吟著將食指抵在脣瓣，移動視線。

雙眼來來回回地尋找目標物，最後才在門上角落瞥見小小的刮傷。

看起來也像沾到了白粉，她卻不覺得有什麼特別。

「進去囉。」

「啊，是、是！」

站在原地一頭霧水的她，急忙跟隨先推開門的他進入屋內。

——又暗又狹窄。

那是她的第一印象。

天還沒黑，生鏽的油燈卻是點燃的，燒著環伺在旁的小蟲子。

黯淡橘光一圈圈照下來，導致房裡的影子像在跳舞一般。

女神官有種頭暈目眩的感覺，不由得眨眨眼。

四面八方的牆壁裡嵌著高度直達天花板的架子，上頭是積了薄薄一層灰的各種商品。

生意不好、冷清、即將倒閉。這是間怎樣的雜貨店，一目了然。

「那、那個，哥布林殺手先生……？」

「……客人，你在找什麼咧？」

女神官輕聲呼喚，卻被從暗處傳出的聲音嚇得「嗚！」繃緊身子。

她連對方何時出現，還是一開始就在那裡都不曉得。

店內角落，一名矮小的男人睡眼惺忪地坐在商品堆中。

是圃人（Rare）還是礦人（Dwarf）……不，也可能是凡人（Hume）。

疑似男性，但他的年齡、種族，女神官都看不出來。

或許是因為那人蒙著灰色——像狐狸的——頭巾，把臉遮住了。

「黃銅提燈。」

哥布林殺手像在默背般，低聲對店長說道。

「還有油。」

「這位客人，你是冒險者對吧？」

——哦？

女神官微微睜大雙眼。

店長不耐煩的語氣，好像產生了些微的變化。

但那是因為她累積了不少經驗，否則八成察覺不到——……

「之後要去幹麼哩？」

店長問道，從頭巾邊緣對兩人投以試探性的目光。

視線刺在身上。女神官下意識用雙手握緊錫杖，彷彿要遮住她平坦的胸部。

哥布林殺手點頭說道：

「殺大蛇（Serpent）。」

「……好的。」

語畢，店長身輕如燕地動了。女神官立刻忍不住「哇」了一聲。

——簡直像魔法。

店長背對的牆壁，不知不覺消失無蹤。

出現在身後的，是與這家狹窄店鋪不相襯的閃亮厚重大門。

「哼哼。」

店長看到女神官的反應，得意地發出哼笑聲。

女神官覺得他像圃人。但也只是覺得而已，這樣的印象很快就消失了——

「小妹妹和小鬼殺手大爺，歡迎來到流浪者的聚集地（Rogue Guild）。」

§

「咱們不是想讓一群惡徒勾搭起來交朋友啦，只是組個公會方便些。」

這部分跟冒險者公會沒什麼差別。兩人跟著暗自竊笑的店長，走在狹窄的通道上。

那家小店後門有這樣的空間嗎？女神官不清楚。

店長也一樣謎團重重。不像圃人，不像森人，不像礦人，也不像凡人。

總感覺灰色頭巾底下有對獸耳，也覺得衣服底下有蜥蜴的鱗片。

——大概是，魔法。

女神官再次心想，但同時也認為不該過問。

世上也有不知道會比較好的事。況且該問的問題很多。

「和冒險者公會一樣……意思是，會接受委託嗎……？」

她提心吊膽地開口，問的是身旁的哥布林殺手，店長卻回答了：

「哎，透過中間人（Fixer）從雇主（Johnson）那接單來跑（Run），這部分一樣吧。」

店長半點聲響都沒發出，俐落地前進，所以只聽得見她和哥布林殺手的腳步聲。

不對，哥布林殺手走起路雖然大剌剌的，卻沒什麼聲音。

每當長靴喀喀作響，錫杖搖晃出聲，女神官都會覺得非常丟臉，頭微微低下。

店長瞄了她一眼：

「也有人不信任冒險者公會，跑到咱們這邊來。」

「這裡就值得信賴嗎？」

哥布林殺手忽然用相當無禮的語氣問。

「天曉得。」店長愉快地咯咯笑著。「有信用（Credit）就夠了。」

唔。哥布林殺手低聲沉吟。

「私下求證可是行規（Etiquette）。騙人不對，被騙的那方也沒資格抱怨，這圈子就是這樣。」

「是嗎。」

「重點在於，吵著是誰誰誰的錯、拗人幫自己擦屁股的黑手（Runner），太難看了。」

店長的語氣彷彿在闡述極為重要的事，不屑地哼了一聲。

「把『最近的年輕人』掛嘴邊是上了年紀的證據，但只會抱怨的年輕人真的越來越多。」

那大概……想必是人生態度（Style）的問題吧——女神官心不在焉地想。

她聽過傳聞。從事地下行業，在陰謀蠢動的大都會暗影中狂奔的人。

沒有任何勢力會出面保護他們，只依靠自己的技術及知識維生。

那樣非常自由——自由得教人害怕——所以才會被要求人生態度吧。

女神官覺得那種生存方式十分沒保障，令人不安，身體抖了一下。

她有寺院及冒險者公會做後盾。

主動站到連這些後援都沒有的地方，她完全無法想像是基於什麼樣的心態。

「當然啦，沒人想跟會背叛的傢伙結夥……對吧。」

店長不曉得是如何解釋她的顫抖，像在安撫似地說。

「總之咱沒那麼不識相，因為咱在兩年前的收穫祭受過大爺關照。」

「啊——……」

女神官從來沒有這麼慶幸過，自己身在昏暗的場所。

她不記得自己見過這名戴灰色頭巾的男人——又不知道他長什麼樣子，這也無可厚非。

不過收穫祭時，她拚命揮舞錫杖跳祭神舞的模樣，大概被他看見了。

哥布林殺手咕噥道「那件事嗎」，女神官卻沒多餘的心思好奇。

她覺得瞬間刷紅的臉被人看見很難為情，不禁感謝起周遭的黑暗。

店長似乎沒發現異狀，推開最底端的門。

緊接著，從門縫間透出的光令女神官瞇起眼。光線刺痛習慣黑暗的雙眸。

「……酒館嗎。」

「還沒開店就是了。」

女神官眨眨眼睛，一旁的哥布林殺手和店長則若無其事地交談著。

「你看得見嗎……？」

女神官不經意提出曾經抱持過的疑問。

哥布林殺手低聲沉吟，這次仔細地告訴她：

「走進暗處時閉上單眼。如果時間不長就能切換。」

「好、好的……」

這段期間，女神官的眼睛終於也習慣了，酒館的模樣映入眼簾。

她所知的酒館，是公會的酒館，或是鎮上旅店中的酒館。

這裡的酒館相較之下，該怎麼說呢，偏昏暗嗎——……

——……好、安靜……？

若是晚上，或許還會給人其他印象，但現在可是正午。

打掃得很整潔的這間酒館，是除了吧檯外只剩幾個座位的小店。

本來可能是武器庫之類的吧。她突然產生這樣的印象。

一名繫領結、身穿黑背心的美麗女性，正在吧檯後面擦杯子。

微弱的水聲，使女神官發現她不只是吧檯小姐（Barmaid），而是真正的——下半身泡在水桶裡的——人魚（Mermaid）。

她察覺到女神官的視線，微微一笑，女神官紅著臉，急忙移開目光。

視線前方是黑毛獸人們——本以為是狗或貓，結果兩者都有——在幫樂器調弦。

入夜後應該會由他們和她們負責演奏，提供酒品，讓黑手（Runner）們聚在這裡聊工作（Run）吧。

是女神官完全無法想像的世界。

「地下酒館（Speakeasy）嗎？」

「哎，算是一種樣式美吧。畢竟需要時也會經手些違禁品。」

店長俐落地爬上吧檯椅，哥布林殺手坐到他旁邊。

聽見椅子被鎧甲壓得吱嘎作響，女神官連忙仿效兩人，坐到椅子上。

還沒開口，吧檯小姐就靜靜將一只玻璃杯滑到她面前。

本以為是酒，恰好倒滿一整杯的卻是牛奶，女神官客氣地舉起杯子。

不知不覺間，角落的獸人們也拿起各自的樂器，開始演奏樂曲。

女神官從未聽過那分不清是喇叭或豎笛的神祕旋律，卻非常悅耳。

「教得很好。」

哥布林殺手喃喃說道，手裡也已經拿著一只杯子。

好像是摻水的麥酒。至少他們沒打算讓來談生意的人喝烈酒。

「嘿嘿。」店長害臊地用手指摩擦人中。「……那麼。」

「嗯。」哥布林殺手點了下頭。

之後的對話，令女神官整個人陷入呆愣狀態。

「這位客官，請你放鬆點，別那麼拘束。」

「那就不客氣了。借一杯一椅打聲招呼，還請讓我先來。」

「感謝你的多禮。不過如你所見，咱蒙著面，讓咱先來吧。」

「你也看到我是幹哪行的，讓我先吧。」

「不不不，大爺你還是之後再說吧。」

「不，你才該之後再說。」

「那麼，咱就恭敬不如從命了。不好意思，你請。」

「以這副模樣問候還請包涵，晚輩生於西方邊境開拓村，師承木桶騎士，以殺小鬼維生。」

「承蒙你顧慮周到。初次見面有失遠迎，大老闆不在由小人僭代，咱是戴灰色頭巾的狐。」

「感謝你願意賞臉。還請抬起頭來。」

「不不不，請你先抬頭。」

「這樣我很困擾。」

「那麼乾脆一起吧。」

「還請多多關照。」

「悉聽吩咐。」

他們搭配著飛快的肢體語言，一口氣講完遵循格式的應酬話。

女神官聽懂的只有極少數，大部分對白她都覺得像是咒文之類的東西。

兩人互相垂首，對話結束的瞬間，幾乎在同一刻抬頭，吐出一口氣。

雖然她完全無法理解這段互動，對他們倆來說，似乎是必要的。

灰色頭巾店長咧嘴一笑，輕鬆地接著道：

「那麼大爺，你有什麼需求？」

「情報。」

哥布林殺手的回答簡潔易懂。

「我想知道水之都酒商最近的動向。」

「咦。」

女神官差點把舉在嘴邊啜飲的牛奶摔到地上。

那是——儘管這名字稱不上毫無關聯。

女神官眨眨眼，像他一樣低聲沉吟，卻想不出答案，歪過頭：

「……有什麼、關聯嗎？」

「不知道。」

這次的回答也簡潔易懂。

「所以才要調查……請人調查。再採取對策。」

「齁齁。」店長表現出驚訝的模樣，摸著下巴：「原來如此……」

接著像蜘蛛或某種生物般，伸出又短又粗的手指，在空中搔抓似的祟動。

© Noboru Kannatuki

「那，你打算出多少？」

「你想要多少？」

女神官嘆了口氣——啊啊，他果然沒打算跟人家交涉。

灰色頭巾立刻瞇起眼，目光變得銳利，聲音低沉得有如手中握著一把短刀。

「你的意思是，要拿錢往咱們臉上砸？」

「對。」

哥布林殺手卻答得輕描淡寫。

「這件事很重要。辦不到就算了。」

「你覺得咱們辦不到？」

「辦得到嗎？」

店長隔著灰色頭巾，對廉價鐵盔底下投以明顯在打量身家的視線。

女神官下意識握緊錫杖。

因為她覺得，說不定會有狀況——雖然無法想像是什麼狀況。

當然，那稱不上是做好準備、即刻應變，純粹出於緊張罷了。

這並非她熟悉的野外冒險。而是都市的冒險。

事到如今女神官才有所自覺，自己身處在未知的領域。

本以為經過兩年，應該多少適應些了——結果還是這樣。

「……」

氣氛緊繃，不知何時起，音樂的音色也從女神官耳中消失。

總覺得吞口水的聲音聽起來格外響亮，甚至想屏住呼吸。

不曉得過了多久——恐怕沒有她想得那麼久——店長豎起三根手指。

哥布林殺手看了，隨便搜了下雜物袋，拿出四小袋金幣扔到櫃檯。

在櫃檯上滑動的袋子發出鏘啷聲。

「……大爺你很不擅長交涉哩。」

不久後，店長吖出一口氣：

「出手闊綽和單純的肥羊，只有一線之隔喔。」

「我和你既非朋友，也不是夥伴。」

哥布林殺手平靜地說，在鐵盔下輕輕吐氣。

「卻要你們幫忙做我做不到的事。相應的酬勞，還是該付吧。」

灰色頭巾店長傻眼地盯著那頂廉價鐵盔，接著說：

「這麼多年都沒來露過臉，還想說無緣了，一照面就給咱搞這齣啊。」

……真是，不愧是**忍者大爺**的徒弟。

這句呢喃帶著無奈或佩服，女神官難以分辨。

一方面也是因為，他的語氣和女神官常說的話很相似。

店長徐徐搖頭，抓住小袋子塞進懷中，兩眼望向她：
「要乖乖聽話喔。先不提儀表，人家可是銀等級冒險者。遲早會派上用場的。」
女神官來到這裡後首次放鬆表情，輕笑出聲，回答「我知道」。
「行。」
灰色頭巾男子拍拍被金幣塞鼓的胸口，允應了。
「這可是老師的請託。咱就試試看唄。」
哥布林殺手也是來到這裡後，首次彆扭地扭動身軀：
「……別叫我老師。」
光憑語氣，女神官就能明白。
他在害羞。

§

「呼啊……」
戶外的天空萬里無雲，蔚藍得簡直像從夢中醒來，或從水裡跳出來時。
女神官忍不住喘了口氣，然後又深呼吸幾次，平坦的胸口隨之上下起伏。
毫不誇張，真是令人窒息的時間、空間。她發自內心覺得那裡並非自己的領域。

不是嫌惡感，而是疏離感。不能踏入的場所——沒錯，沒有理由，靠得是理解。

「那……那到底是什麼地方呀……」

回頭一看，小小的雜貨店仍坐落在身後。理應只是這麼一家店。

如今她卻再也不這麼認為。

「黑手(Runner)——地下冒險者的聚集處之一。」

哥布林殺手的語氣毫無起伏，平淡到令人覺得仁慈的地步。

他已經大剌剌地走向前，沒有回頭，女神官連忙小跑步跟在後面。

「地下……」她輕聲說道。「……沒加入公會，的意思嗎？」

「對。」

女神官仍舊無法理解。

沒有冒險者公會給予的身分證明，也缺乏委託的保障。

除了自己以外無依無靠——明明非常令人不安。

「所以，他們會藉那類暗號或做法證明身分，保護自己。」

他再度用淡漠的語氣說道，彷彿看穿了女神官的內心。

不隸屬於任何組織，自由自在地生活，同時也意味著沒人會保護自己。

既然選擇居無定所地生存，就連曝屍荒野都必須接受。

那就是——流浪者(Rogue)嗎。

「世上也有這種生存方式，也有這種地方。」

哥布林殺手靜靜停在身體僵硬、似乎在害怕什麼的女神官面前。

語氣雖然一如往常平淡——……

——但不會讓人想主動造訪。

女神官覺得他好像在這麼說。

「剿滅哥布林——」以此開頭的他，沉默了一瞬間。「光是剿滅哥布林，不能算冒險。」

女神官只簡短回答了一句「是的」。

他之前都沒有來這種地方的理由，她也隱約明白了。

女神官前進幾步，終於有種離開雜貨店的真實感，回頭瞥向遠處。

看了籠罩於黑影之中、彷彿蜷縮在原地的建築物一眼，吐氣：

「……那些人，是好人……還是壞人呢……」

「他們收取金錢，有時充當善人，有時扮演惡徒。就是這樣。」

女神官——依舊無法理解這種生活方式。

是嗎。女神官的呢喃，不知是否傳達給了他的背影。

他再度大剌剌地邁步而出，女神官小跑跟上。

「接下來——」

「那傢伙叫我去求證。我打算照做。」

「求證……」

「沒錯。」

哥布林殺手簡短回覆，吁出一口氣。聽起來也像輕微的笑聲。

「我也只有聽老師提過。不是一直都在做這種事。」

「是！」

女神官點頭。沉重的心情與聲音，好像變輕了一點。

§

「感覺……對方有點太急躁了。」

——她原本以為所謂的求證，又得鑽進哪條小巷子裡……

女神官因意外而吃驚，因尷尬而扭動身子。

打掃整潔的室內。擦拭乾淨的餐桌。拘謹地坐在椅子上的自己。

離開邊境之鎮，在幹道上走一小段路，穿過石牆與籬笆，牧草地的對面。

是哥布林殺手借宿的那座牧場。

「是嗎。」

「對……」

坐在自己旁邊的哥布林殺手，正與坐在他對面的中年男子——牧場主人交談。

她當然不是沒見過牧場主人。

之前說過幾次話，她也曾經來牧場叨擾。

成為冒險者後，第一年春天的那場戰鬥——至今仍歷歷在目。

所以彼此稱不上陌生，然而，像這樣面對面交談的經驗，倒還是第一次。

——……嗚嗚。

她困惑得目光左右游移，和坐在桌前的牧牛妹四目相交。

稍早之前，她因為他白天就回家而大吃一驚，看到身旁的女神官又嚇了一跳。

再加上他表示有話要跟牧場主人談，嚇到第三次，說著「我去泡茶喔」便走進主屋。

牧牛妹真的去泡了茶，倒進杯子，現在就放在女神官面前。

女神官喝了口冒著溫暖蒸氣的茶，鬆了口氣。

不可思議的是，味道有點像平常櫃檯小姐在公會泡給大家喝的茶。

——大概是茶葉一樣吧。

牧牛妹似乎發現女神官在發呆想事情，輕笑出聲。

——真受不了這個人，對不對？

她彷彿正在這麼說，女神官也放鬆下來，揚起嘴角。

「對方建議廢了牧草地……改成麥田嗎。」

「嗯，是啊。把籬笆跟石牆都拆掉……開闢新田，之類的。」

牧場主人憤慨地回答哥布林殺手。

從他的表情，看不出對哥布林殺手為何要問這件事有一絲困惑。

因為對牧場主人而言，這種情況已是家常便飯……吧。女神官不太清楚。

「對方出的金額不壞。再說我也上了年紀，不多請人手，想必沒辦法一直經營牧場。」

所以遲早得轉換方針。牧場主人傳達出這個意思，板起臉來。

「不過啊，我可沒打算都這把歲數了，還跑去挑戰全新的領域。」

「原來如此。」

哥布林殺手彬彬有禮地應聲，往窗外瞥了一眼。

不，正確地說，鐵盔遮住他目光的動向所以看不見，但女神官就是有這種感覺。

她也跟著朝窗外看去，牛隻悠閒地在遼闊的牧草地上吃草。

好吧，儘管稱不上大——她認為這座牧場擁有很棒的土地。

哥布林殺手似乎也是，用依然有禮的語氣接著說：

「而且若要將這塊地轉成田地，就需要人手幫忙。」

「這也是我看不順眼的一點。對方說願意派人過來，雖然是小佃農。」

收人家的錢，借人家的人，照人家說的話耕作。

原來如此，或許真的稱得上舒適的生活。

連親自下田都沒必要，因為等於有雇員工。

不失為一種悠閒自在的養老方式。

「——不過，別看我這樣，我可是個自耕農（Yeoman）。」

牧場主人的語氣卻帶著些許自豪，如此斷言。

這裡是由他守護、由他開拓的他的土地。

無論要雇人還是改作，都該由他自己決定的土地。

「……」

哥布林殺手在鐵盔底下吸氣，吐氣。

「我也這麼認為。」

僅此一句話。然而牧場主人似乎很滿意這個回應，輕輕點頭。

面色凝重的臉浮現淡淡苦笑，接著轉為疲憊的嘆息：

「更何況，那傢伙還說要幫妳介紹男人……」

「咦。」

與此同時響起了茶杯碰撞聲，不曉得是女神官還是牧牛妹弄出來的。

至少可以確定，牧牛妹差點忍不住從位子上跳起來。

她瞪大眼睛，困惑——不知所措，或者說是像在鬧彆扭，語氣帶刺地說：

「怎麼回事？我怎麼沒聽說？」

「所以我拒絕了。」

牧場主人講得輕描淡寫，將紅茶拿到嘴邊，喝了一口。

「我們又不是貴族。我從沒想過要因為家庭因素考量妳的婚事。」

言外之意應該是，若牧牛妹有那個意願則另當別論。

她紅著臉「唔——唔——」咕噥著，手臂動來動去，一副不知道該往哪擺的模樣。

女神官感到坐立難安，默默垂下視線，望向身旁的他。

他——雖然看不出表情，但在思考什麼呢——他又是怎麼想的？

「……」

哥布林殺手低聲沉吟，陷入沉默。

完全沒察覺他是何時喝的，眼前的杯子早已全空。

「……哥布林殺手，先生？」

「嗯。」

簡短的回應。語氣平淡、無機質，彷彿專注在某件事上。

他「喀」一聲，粗魯地從椅子上站起。

「我去整理一下思緒。」他對牧牛妹說。「能讓她在這等嗎。」

「咦，啊……」牧牛妹困惑地點頭。「嗯，我是覺得沒差。」

「抱歉。」

哥布林殺手說完，微微低下頭。

女神官想講些什麼，卻說不出口，最後還是閉上嘴巴。

他就這樣轉頭面向牧場主人：

「不好意思。幫大忙了。」

「……是嗎。」

牧場主人的回應不帶任何情緒，顯得模稜兩可，把杯子放到桌上。

「那就好……」

「是的……很有幫助。非常。」

哥布林殺手沒有回頭，大剌剌地邁步而出。

接著粗魯推開土屋的門，「啪」一聲將門關上，走掉了。

「…………」

「……哈哈。」

女神官和牧牛妹看著闔上的門，彼此使了個眼色，無力地聳肩。

§

——目標是牧場。

哥布林殺手下達結論，卻馬上搖頭。

——恐怕，那只是手段。

風吹得腳邊雜草沙沙作響，越過籬笆拂向街道。

哥布林殺手像要跟著那陣風似的轉過頭，仰望天空。

他看見有鳥飛在高空中。陽光透過鐵盔的面罩照進來，令他瞇起眼。

各種事情牽扯在一起，彷彿環環相扣，逐漸從身後拖住自己。

他並不覺得當前的狀況令人厭煩。也沒有厭煩的理由。只不過——……

——對付窩在洞窟的小鬼，單純多了。

他越來越常這麼想。

到頭來，自己是不是不適合做這些事？膚淺的想法使他嗤之以鼻。

凡事都要看「做」還是「不做」。理應如此簡單。

他努力將意識維持在平常的狀態，大刺刺地走向牧草地。

邊走邊思考，牛隻慢條斯理走近熟悉的鎧甲身影。

他輕輕撫摸牠們的鼻子陪牠們玩，隨便找個地方一屁股坐下。

既然想不明白，就該一樣一樣整理清楚。

哥布林殺手隨手撿起一根木棒，在地上比畫著。

目標是牧場。原因為何？

他拉出一條線，在末端畫圓，又在圓形旁邊畫了個小圓。

接著畫線標出自己記憶中的城鎮、街道、牧場，以及堆高的石牆和籬笆的位置。

破壞籬笆、弄垮石牆、填平牧草地——讓牧場變得空無一物，要做什麼。

——目標是牧場。

可以確定這部分沒問題。至今的計畫全是為了達到這個目的，顯而易見。

雖然有點像強迫觀念（Paranoia），有時這也是必要的。

跟許多流浪者（Rogue）的原則一樣，小心謹慎能換回一條小命。

然而，哥布林殺手低聲沉吟。

他畫不出更多線。

防守成功不代表結束。剿滅哥布林不代表結束。摧毀巢穴不代表結束。

——冒險真困難。

「怎麼，哥布林殺手。你在這自言自語幹麼？」

威風凜凜的嗓音從上方直射而下，彷彿在對他伸出援手。

哥布林殺手「嗯」了一聲，抬起頭，只見女騎士帶著大膽無畏的笑容。

背後是一臉無奈的重戰士，以及和他同個團隊的少年斥候、少女巫術師、半森人輕劍士。

這麼看來——

「冒險嗎。」

「噢，不是，我們要去水之都。他們也馬上就會離開城鎮，跟我們會合。」

「他們」指的是長槍手和魔女吧。哥布林殺手搜尋記憶，做出結論。

「所以，你在煩惱什麼？我看看——……這是？」

「地圖。」

她探頭望向地面，哥布林殺手簡短回答。

他用手中的木棒指向小圓：

「我搞不懂敵人盯上這裡的意圖。」他咕噥道。「雖然以前也有過。」

「什麼嘛，因為這裡是分城吧。」

她回答得極其乾脆。

女騎士一副「哎呀你連這個都不知道嗎」的態度，得意地挺起被鎧甲包覆住的胸部。

「分城。」

「嗯。又叫支城，簡單來說，就是用來保護主城的城堡。有時在攻城前也會簡單蓋一座出來。」

「唔。」

對於來自陌生領域的意見，哥布林殺手佩服地沉吟。

真有意思。是自己不知道的範疇的辭彙。他集中注意力。

但她似乎沒察覺到，信心十足地侃侃而談：

「無視這座分城就攻不進本城；反過來說就算想先拿下分城，也會遭到本城的攻擊。」

「真棘手。」

「嗯。」女騎士點頭。「因此很多人會用謀略處理分城。」

例如以談和為籌碼先把分城排除掉——……

女騎士娓娓道來的戰爭故事，儼然是合戰的軍略，是騎士才會懂的知識。

他不清楚她的來歷，不過自由騎士、經驗豐富的騎士，都一樣是騎士吧。

哥布林殺手頻頻點頭嘀咕「原來如此」，將知識牢記在腦海。

他沒聰明到聽一次就能全部記下。不過，他隨時都做好努力記住的準備。

「……不，這怎麼看都是這座牧場的地圖吧？」

「唔!?」

然而重戰士從女騎士身後探頭一瞥，打斷了她的授課。

女騎士嚇得驚呼到快要破音，抬起視線瞪向重戰士，抗議道：

「呃，這、可是！我說的話不僅合理，根本超超超有道理的吧!?」

「是要加幾個超啊……」

「不。」

哥布林殺手誠心向她表示敬意，努力用懇切的語氣說：

「是事實……有幫助到我。感謝。」

「你看！」

女騎士眼見援軍出現，驕傲地抬起頭回嗆，重戰士嘆了口氣。

她這副德行竟然是真正的騎士，所以才讓人頭痛——他似乎經常這麼覺得。

哥布林殺手看著他們倆及一行人(Party)，隨後低下了頭，大概是覺得應該這麼做吧。

「抱歉，耽誤你們出發。」

「沒差啦，沒差。」

重戰士甩了甩戴著粗獷手甲的手，一笑置之。

「嘮叨著沒時間、沒空什麼的硬要省那幾分鐘，才真的叫浪費。」

「是這樣嗎。」

「沒錯。雖然要視時間及場合而定啦。」

「是嗎。」

他們又聊了兩、三句，重戰士的團隊便往街道方向邁步而出。

前往水之都的旅程、往返的天數，在當地的行動——哥布林殺手思考著許多事。

自己該怎麼做？該如何行動？

忘記是什麼時候了，重戰士說過他想成為王。

原來如此，無疑是困難的目標。

並非只要打倒眼前的哥布林即可。

想必得去見識、鑽研、思考、決定更多的事。

「……冒險真困難。」

哥布林殺手大剌剌地走向前，思考自己的口袋裡有什麼東西。

那裡有計策。

無論何時。

因此要採取對策。

儘管目前大部分的選項，都非常不符合冒險者的作風。

既然如此，該怎麼做？

——像個流浪者(Rogue like)那樣就對了。

間章 「眾人分頭行動的故事」

河川的潺潺流水聲，在昏暗的世界中聽起來特別悅耳。

她很清楚這份職務的空閒時間不會太多，卻難以抵抗睡意的誘惑。

更何況，這裡是陽光灑落的至高神神殿最深處，屬於自己領域的中庭。

畢竟從日出一直工作到日落，光是這樣效率就不會好到哪去。

平常隨侍在側的女官也一天到晚叮嚀她要記得休息。

小寐個一時半刻，世界又不會因此滅亡——……

——這樣會不會很像在找藉口呢……

劍之聖女用全身感受著午後的暖陽，輕輕將天秤劍拿到手邊。

走廊上迴盪著跫音。照理說已耳熟能詳……遠處，參雜在其中的聲響卻並非如此。

喀嚓喀嚓的武具碰撞聲。未經統一。各式各樣。種族、性別也不一致。

「……冒險者來了嗎？」

步。

「啊，是、是的……！」

劍之聖女頭也不回，開口詢問，能感覺到女商人嚇了一跳，在中庭入口停下腳步。

平常她會努力看著對方，剛才卻不小心疏忽了，真不應該。

「對方想見大主教(Archbishop)大人，我請他們先在外面等候……」

「是嗎……」

劍之聖女以天秤劍做為支撐，站起來，天秤發出清澈的搖晃聲。

「……王都那邊的情況如何？」

「要說有什麼變化，還是老樣子。」

她知道女商人臉上帶著淡淡的苦笑。

「陛下費心於國政，門閥貴族及富商的陰謀、邪教的小動作卻從未停歇……」

「世上冒險的種子取之不盡。」

「……是的。」

劍之聖女嫣然一笑，女商人則憂鬱地低下頭。

——這樣的反應很好呀。

有過殘酷的經驗，見識過諸多事物，儘管如此，潔癖還是沒有絲毫減輕。

對劍之聖女而言，那非常值得慶幸——但對當事人來說，應該經常帶來痛苦吧。

她自己也曾經是如此。

進入最幽深的迷宮探索，然後經歷許多場冒險，在這個過程中窺見的許多事——……

「這座城市也一樣。」

因此，她輕聲告訴迷惘的信徒，彷彿在教誨她一般，喃喃說道。

她一下子拉近距離，伸手觸碰女商人的臉頰，女商人「啊」顫抖著的聲音傳入耳中。

指尖碰到宛如絹絲的肌膚。劍之聖女感覺那裡散發出些微的熱度，揚起嘴角。

「有人在光芒下的黑影中奔跑，此乃世間常理……必須認同這點。」

她就這樣撫觸著女商人的臉頰，感覺到她身體一顫。

這反應實在太過可愛，劍之聖女微微瞇起眼帶底下的雙眸。

挑戰那座迷宮時的自己，在其他人眼中，肯定也是如此吧？

「首先，承認只『存在』。這並不等同於放棄。接著——……」

——先大聲疾呼。

並非去制裁世上邪惡，而是讓人們意識到那裡有惡的存在。這才是正義。

雖說律法奠基於正義之上，但法本身絕非正義，制裁也一樣。

倘若誤會了這點，一切都將淪為單純的獨善。

女商人繃緊身子，用無力的聲音回應「是」。

「……呵呵。很好。」

她迅速退開，女商人再次「啊」一聲發出類似的呢喃。

那麼，先不說這個了——……

「去請幾位冒險者過來，聽聽他們有何要事吧？」

「啊，好、好的……！」

女商人驚慌地跑回神殿的走廊。

「好了。」

劍之聖女用雙耳目送她，挺直背脊。

不久之前，她自己也差點走上錯誤的道路。

之所以能及時回頭，靠的絕不是自身的力量。

既然如此——這次也該多少成為他人的助力吧。

那是最初立志成為冒險者時，就存在於胸中的心情。

如今重新拿出來審視一番，只覺如玻璃珠般陳腐又微不足道。

——不過，終究是可貴的情操吧。

「那麼，客人是……呵呵，那把劍很重的樣子呢。還有騎士小姐。半森人。少年……」

最後是小孩——不，沒穿鞋子所以是圃人嗎？

一邊思考著，劍之聖女已俐落地返回自己的工作崗位。

§

「喔喔，找到了找到了！」

即使身在熱鬧喧囂的水之都，優秀冒險者的知覺也不會受影響。

身穿綠色外衣、手持鐵槍的少女，坐在長椅上晃著腿。

雖說他們約了時間，準確的機械時鐘這種東西，只為少數王侯貴族所擁有。

他僅僅是拜託同行的魔女用使魔傳達了「下午在這裡見」。

「嗨，好久不見。太好了，妳看起來過得不錯。」

「還好啦！」那名少女從椅子上跳下來，咧嘴一笑。

「我還挺努力的，雖然很辛苦。」

「是嗎是嗎。話說怎麼換武器了？受到我的影響？」

長槍手用下巴指向她的鐵槍。

他至今仍記得，之前在馬車裡遇見的她，佩著十分豪華的劍。

比起重視外觀的武器，長及身高的武器更容易生存下來。

現在看來，那名渾身散發出新手氣息的少女，也變得像個能獨當一面的冒險者了。

明顯看得出綠色外衣底下的纖細身軀，有用鍊甲保護著。

既然如此，自然會想調侃她幾句，而她也「才——不——是——！」地大叫著回應。

「是大家幫我選的，效法很久以前的勇者。」

「嘿。」長槍手笑道。「不錯啊。挺順利的嘛。」

少女「哼哼」一聲得意地挺起平坦的胸膛，長槍手苦笑著瞇眼。

她說的「大家」，是指那名魔法師和戰士吧。長槍手覺得這判斷不錯。

長槍是凡人(Hume)獲得武裝後，歷史和棍棒一樣悠久的武器之一。

據說十幾年前，進入死之迷宮探索的六位英雄中，也有一人是使槍的——……

「哎，不過聽說那位英雄是個美女啊。」

長槍手想像著從傳聞中聽來的那名冒險者外貌，壞心地揚起嘴角：

「妳如果身高再高點，長成一個好女人，吟遊詩人八成不會放過妳。」

「啊！你說的喔？」

少女似乎聽進了他的調侃，一雙大眼的眼角吊得高高的，探出身子：

「等著瞧，我要成為被人傳頌到一百年後的傳說！」

「好啦好啦，期待有朝一日能聽見妳的詩歌。」

這只不過是冒險者與冒險者間，假日一段平凡的交談。

身為前輩，長槍手買了冰品——艾思克林招待少女，少女舉起雙手歡呼。

她坐回長椅上，喜孜孜地叼著湯匙，沒多久便咕噥道：

「那個，今天找我有什麼事？雖然我們之前也會聊聊傳聞。」

是非得當面聊的事嗎？少女問道，長槍手搔了下頭：

「沒有啦，也不曉得算不算情況緊急——……我聽到一個可疑的傳聞。」

「可疑？」

「我們那邊配合每年收穫祭，地母神的寺院都會釀神酒。」

少女歪頭，長槍手則搔著頭續道：

「今年卻發生了一些異狀——怎麼樣？妳這邊有沒有什麼頭緒？」

「…………哦。」

少女聞言瞇細雙眼，長槍手卻沒發現。

世上冒險的種子取之不盡——這一點，對誰皆然。

斷章

「在大都會的影子底下狂奔的故事」

中間人（Fixer）說「只是來回跑一趟。流程（Run）很簡單」時，一定要小心。

因為這句話跟「時間很趕、棘手、危險、牽扯到金錢」同義。

——首先，若是簡單安全的工作，何必花大錢叫我們代勞。

想起友人的奸笑，年輕密探（Rogue）抓緊鉤繩，踩在牆壁上。

老實說，就算收了錢，他也不是很想潛入**這種地方**。

「還、還好嗎……？會不會重？」

「嗯，沒問題啦。」

後頸處傳來令人心癢的甜美嗓音。這個狀況是很值得雀躍沒錯，然而。

他回答完雙手環住脖子、攀在自己身上的魔法師搭檔（Buddy），因對方輕盈柔軟的身軀皺起眉頭。

——受不了，所以說森人（Elf）就是這樣……！

會因為意識到同伴是年齡相近的異性而愧疚、羞恥，可見密探還很年輕。

Goblin Slayer
He does not let anyone roll the dice.

他該做的是專心比對偵察人員事先調查的平面圖，以及白天看到的屋內景觀。

密探攀著窗戶，用指尖輕敲環在脖子上的纖細手臂。

「拜託囉。」

「嗯，交給我吧。」

搭檔從他背後伸出手，將用手指捏著的東西放到窗框上。

從腰間小袋子裡取出的，是類似蜈蚣、蚰蜒融合物的幼蟲。

她呢喃了兩、三句話**請求**牠，毛蟲便迅速蠢動起來，咬住灰泥。

對食岩怪蟲（Rock Eater）的幼蟲來說，鑿穿灰泥毫無難度。

不管鐵門或鎖頭再堅固，或是對門窗施以守護的法術，窗框都容易被忽略掉。

密探抓住差點整個掉下去的窗框，潛入室內。

某人的書齋——或許該稱之為辦公室。書櫃、書桌、喝到一半的酒瓶、高級的杯子。

厚實到腳會微微陷進去的毛毯，無論何時都讓他不太習慣。

無聲地放下窗框，與此同時，魔法師迅速從他背上下來。

他則在同一刻俐落地舉起用繩子穿過勾環、掛在肩上的連弩。

確認箭矢已裝進彈匣，選擇能守住搭檔死角的站位。

這些流程已經成了習慣（Routine）。畢竟他們合作了一段時間。

「我隨便搜囉。發現值錢的物品就帶走，**東西**則留在這邊。」

「沒錯。」

「馬上就好。」

家裡遭小偷時，通常只會擔心少了什麼，而不會去注意多了什麼。

黑手(Runner)的工作不只偷搶拐騙。

闖入、攔出、綁架、設置、牽制、跟蹤護衛、逃走，有時還會助人。

只要這麼做，使會有人得利。錢我出。所以幫我跑這趟。這就是一切。

因此，他們收取金錢，時而成為英雄，時而淪為惡徒。

也有不少人極度厭惡冒險者公會、政府、神明，不過──……

到頭來，接受自己是更加巨大之存在的片鱗殘甲，才是黑手的第一步。

──否則會死。

年輕密探哼著水之都最近流行的打油詩，一面打發時間，一面暗忖。

（說起殺小鬼的英雄這種玩意，不是打油詩還能是什麼！）

許多黑手因為對多餘的事產生興趣，或是不看對象就想反咬一口而丟掉小命。

這次的工作也是。

先要有人把東西搞到手。除了事前調查的偵察人員，還有其他人在行動。

事情辦完後，肯定也有人負責善後，此時想必也跟他一樣在消磨時間。

他們的任務僅是末端的末端，整體的一部分，不可能明白工作全貌。

也有人在這個情況下，試圖從諸多環節之中獲取利益。

說不定他們只是用來聲東擊西的人員或誘餌。必須理解這點，並且接受。

當然，就算接受了——要不要聽從命令又是另一回事。

恣意使喚黑手、用完就丟，企圖獨占利潤的雇主(Johnson)，命不可能太長。

我們很渺小。這是事實。但別小看我們。聽懂沒？

他將這種人生態度(Style)，視為自己的立場(Position)——他是這麼認為的。

——不過，那傢伙應該不搞「騙人有錯被騙活該」那套就是了。

他回想起擔任中間人(Fixer)的友人面容。對方確實常介紹危險的工作(Run)給他，但不會背叛。

這次的工作也是，儘管不知道起因(Johnson)是誰，應該是身分有保障的對象。

他對友人就是如此信賴。這是當然的。因為他們是夥伴(Team)。

「……結束了。」

「嗯，好。」聽見她的聲音，密探切換思緒，點點頭。「趕快撤——」

瞬間，密探扣下連弩的扳機(Trigger)，房門在同一時間打開。

如雨點般貫穿空間的箭矢，彷彿被傘彈開似的四處飛散，魔法師尖叫出聲：

「『避箭(Deflect Missile)』!?」

「混帳東西（Gygax）！這裡可不是洞窟啊！」

他拆下射空的彈匣，伸手從腰帶拔出新彈匣交換，怒罵道。

鑲在他眼中的禁忌魔眼，捕捉到佇立於黑暗中的巨漢。

——洞穴巨人（Troll）！

魔神王的軍勢敗北後，就有越來越多混沌殘兵躲到影之世界。

沒人想歡迎闇人（Dark Elf）、亡者（Wight）、吸血鬼（Vampire）到來。

而面對箭矢掃射依然不為所動、猛衝向前的龐大怪物，是其中之最。

萬一脖子上還掛著避箭護符的話——！

「TOOOORREOORRRR！！！！」

「『溫布拉（暗影）……路普斯（狼牙）……利貝羅（解放）』！」

然而，他並不是孤軍奮戰。

由宛如鈴聲的咒文解開束縛的野獸，從魔法師的影子裡跳出來，襲向巨人。

密探不會放過魔力構成的利牙刺進怪物體內、將肉撕裂的瞬間。

「走！」

「嗯！」

毫不猶豫。少女向自己飛奔而來的這份信賴，令他有點高興。

抱住伊人纖細的身軀，密探從窗戶躍向黑夜。

滯空感。接著是墜落。她壓抑住尖叫聲。可惜了這條鉤繩。算了，這是必要花費。之後再去請款。

嘭咚。他用經法術強化過的四肢，吸收貫穿全身的衝擊，降落在地表。

這也是禁忌紫杯的恩賜。不枉他捨棄了人性(Essence)。

「……！抱歉，被幹掉了！」

「沒問題！」

她的聲音傳入耳中。他在回答同時飛奔而出，下一刻，巨大身軀落在兩人原本所站的地方。

「OOOOLE！！！」

撕裂影獸的巨人咆哮著追擊而來，真的很討厭。

不過再說一次，他並非孤軍奮戰。值得感激。

「動作快，別拖拖拉拉！」

「時機正好！」

夥伴駕駛的單馬雙輪雙座馬車(Hansom cab)，發出響亮蹄聲在大門前急煞。

「發生意外了？」

「最好的情況是黑手(同行)，最壞的情況也是黑手(同行)。麻煩你了。」

「哇!?」

© Noboru Kannatuki

與年齡相襯的尖叫聲，出自於被輕易扔進馬車的搭檔。

密探抓住駕駛座，正想將身體拉抬上車之際，馬車已揚塵起駕。

當然，裡頭已經有兩位客人——不，正確來說是一人與一隻。

「……………嗯，好，成功了。已經去除掉避箭護符。」

「我也用幻影干擾了警衛隊的人！時間充足！」

知識神的少女神官沉浸在冥想中，讓意識下潛(Jac In)，另一隻則是魔法師的**使魔**。

他不清楚知識神的僕從為何在當流浪者(Rogue)。

神官只是笑著回答「墜入黑暗面了」。那麼就是這樣吧。

他也不清楚另一名術師為何和他的搭檔不同，只肯讓使魔出面。

只知道就算對方不露臉，透過使魔施展的法術依然十分可靠。

既然如此，儘管只見過使魔，也不構成眾人不信任她——應該是——的理由。

用不著身家調查也能成為同伴。管他是神官還魔法師。

是個好團隊。密探這麼認為。

「要跑囉！『奔馳吧雨馬(Kelbi)，從泥土到森河，從海到天空』！」

御者呼喚精靈，拉著馬車的雨馬(Kelbi)便嘶鳴著加快速度。

牠直線奔向——布滿整座水之都的水道。最完美的逃跑路線。

「那麼我該做的就只有完成自己的任務(Position)……」

中間人負責的是事前調查與制定流程。

知識神神官與操縱使魔的魔法師是後方支援。精靈使御者則包辦所有的移動方式。

上前線的則是擔任搭檔（Buddy）的少女和他自己——可取代的平凡密探。

擔任中間人的友人曾笑著說過「除了人格都能被取代耶」。他覺得這樣就好。

身為俯拾皆是的技術人員，可謂最頂級的評價。不是嗎？

禁忌魔眼凝視著黑暗另一側，喘著大氣衝過來的巨人。

他一手攀著駕駛座，單手舉起連弩瞄準。

啪啪啪啪！弓弦發出輕快聲響，箭雨咆哮著射穿怪物。

那可是洞穴巨人，當然不會因為被幾枝箭射中就斷氣。大鬼得意地咧嘴一笑。

「再會囉。」

然而，他的左手已經從腰間拔出單筒槍，扣下扳機（Trigger）。

燧石（Flintlock）的火花與祕藥的白煙遮蔽視線，鮮血應聲飛濺。

少了頭的巨大身軀，宛如溺水般在空中抓著，倒向身後——下沉。

——這樣就行了。沒有目擊者。

密探露出奸笑，重新拿好用繩帶掛在肩上的連弩，吁出一大口氣。

那些說什麼以量取勝、亂射一通就對了的人，並沒有看清這個武器的本質。

一發就擁有巨大威力的單筒槍，是能在極近距離下貫穿鎧甲的王牌，使用時機果然沒錯。

——最大的難處在於，一發子彈非常昂貴。

除此之外，箭也是，繩索也是。雖然跟性命相比，當然稱得上便宜。

萬物皆有價。就是這個道理。

要是可以提議先扣掉必要開銷，再平分報酬就好了——……

——能向委託人談到多好的條件，是中間人的任務。

這時，他聽見敲擊車身的細微聲響。

仔細一看，魔術師少女隔著鑲在椅背上的窗戶對他微笑。

密探也笑了。然後隔著窗戶用拳頭碰觸她的拳頭。

「辛苦了。」

「你也是呀。」

笑聲融進水花，他們奔向大都會的影子。

對他們這些無名生物（Runner）來說，那是一如往常的夜晚（Another Night），一如往常的工作（Another Run）。

第4章

『委託人的一句話』

凡人是不可思議的生物，一旦有什麼動靜，就會希望事態立刻產生變化。
例如當上冒險者後，會想立刻參與足以影響世界命運的大冒險。
開始學劍後，會希望明天立刻嶄露頭角，成為在這個圈子裡赫赫有名的劍士。
魔法就是得知沒人知道的世界奧祕，詩人就是一舉成名……
那是平凡的夢想，絕對不該鄙視，然而現實並非如此。
哪可能因為一點契機，情況隨即就徹底改變。
女神官成為冒險者兩年多了。這種事，她也早已明白——自認明白。
「唉……」
在朝霧中，往返於公會及寺院、寺院及公會的她，口中吐出的卻是嘆息。
畢竟，她還以為狀況會有所改善。
哥布林殺手開始採取應對措施。大家也都伸出了援手。其他冒險者也是。
然而，在那之後過了數日——毫無變化。

謠言越傳越開。除此之外沒有任何動作。

一如往常從公會走訪寺院，再返回公會的腳步，今天特別沉重。

再度重申一次，並沒有發生什麼特別的事。

只是那些東西日復一日累積下來，壓在女神官纖細的身軀上。

今天去寺院時——妖精弓手還在睡——大家也都溫暖地迎接她。

礦人道士向她拍胸脯保證無異狀，蜥蜴僧侶點頭表示用一整天來沉思也不錯。

也就是說，她等於在沒有報酬的情況下，將三名夥伴留在寺院當護衛。

姊姊——葡萄修女笑著迎接自己，再笑著送自己離開。

明明她應該也有聽見傳聞，卻真的完全沒有表現出來。

至於自己，還是老樣子，一直跟著哥布林殺手跑來跑去。

「……唉。」

她又嘆了口氣。

造訪那處流浪者(Rogue)的聚集地，感覺起來像短短的數日前，也像數週前。

早上醒來很痛苦，夜晚入睡很可怕。任時間白白流逝，很令人惶恐。

狀況毫無變化，今天也像這樣抵達了冒險者公會前。

——哥布林殺手先生……

他在想什麼呢？這個疑惑閃過腦海，女神官搖搖頭。

不可以這樣，

哥布林殺手——她團隊的頭目（Leader），應該有什麼想法。

在這個前提下，只是跟在他後面團團轉肯定不行。

這樣——豈不是和她剛成為冒險者時沒有差別嗎？

女神官咬緊下唇，用力推開彈簧門。

早晨的喧囂聲頓時撲面而來。

「哎呀，歡迎回來！」

率先跟她打招呼的，是在櫃檯工作的櫃檯小姐。

她八成也有聽見傳聞，卻從來沒在她面前提起過，大概是有所顧慮。

櫃檯小姐的貼心之舉令她覺得十分高興，女神官也「嗯」一聲努力露出微笑回應。

「哥布林殺手先生已經來了喔？」

「啊，好的。那個，今天也——」

也是剿滅哥布林嗎？

這句話卡在喉嚨，女神官瞄向等候室。

一群擠在那邊等著接委託的冒險者中，他的身影依然格外顯眼。

等候室的一角，穿戴骯髒皮甲、廉價鐵盔的冒險者，坐在他的固定位置上。

女神官小跑步到該處，周圍的冒險者紛紛和她打招呼。

「嗨」、「噢」、「今天也是哥布林？」、「加油啊」……

兩年多的冒險者生活，讓原本只在地母神寺院生活過的少女，建立了許多關係。

不知道對方的名字，也不知道對方的來歷。不過他們、她們和自己一樣，都是冒險者。

女神官一一向種族各異的同行點頭道早。

過去的菜鳥，備受期待的後輩，如今已是能和他們並肩而行的冒險者——

——……我，有成為這樣的人了嗎……

對於當事人而言，可說完完全全沒有那種自信。

§

「哎呀，不愧是大主教（Archbishop）大人，真好說話！」

「我還以為肯定會吃閉門羹呢。」

重戰士看著啪噠啪噠從身旁跑過去的女神官，語帶無奈地咕噥道。

女騎士完全沒發現他臉上寫著「原來妳還真的是至高神的騎士啊」。

她慷慨激昂地握著拳，一副理應如此的態度頻頻點頭：

「拿區區小鬼的問題去叨擾人家，會那麼想也是當然的。哎，之前懷疑大主教大人的我真愚蠢！」

「是喔。」重戰士隨口應聲。

重要的是至高神的神殿採取行動了，這將為看似有機會撈一筆的冒險起頭。

冒險不能光吃雲霞果腹。錢很重要。並非一切，但很重要。

帶著兩個因謊報年齡而拖慢升級速度的孩子，就更不用說了。

畢竟有錢就有飯吃。有旅館住。能買新的武器防具。也能張羅道具。

視布施金額而定，說不定還能獲賜蘇生（Resurrection）的神蹟。

換句話說，某種程度上，錢可以買到生命。

偶爾會遇到得意地說自己走質樸剛健、勤儉節約路線的傢伙，重戰士不太能理解。

沒有任何理由瞧不起金錢，賺再多都不嫌多，該用的時候就用。

——是否該捐一點到交易神的神殿？

雖然我沒有特別信神——重戰士腦中突然浮現這個念頭，邊想邊跟朋友搭話：

「你那邊如何？」

「哎呀，沒進展。」

輕輕甩著手的，是用那雙快腿先行回到鎮上的長槍手。

他將長槍扛在肩上，往椅背一靠，旁邊是抽著菸、不曉得有沒有在聽的魔女。

一如往常的景色。是說最近差不多該繳稅了吧，重戰士事不關己地想著。

「我問了在都市冒險（City Adv）的朋友，對方沒有立刻聯想到什麼。」

「我想也是。」

「再說，我們是剿滅（Hack and Slash）怪物的專家。不適合幹這種事啦。」

長槍手信心十足地講出這種話，魔女「呵、呵」竊笑著。

「哎，十分合理。」女騎士說。「每個人拿手的職責（Role）各有千秋。」

「唔。」重戰士吐出一口氣。「妳有時會講出頗深奧的話。」

「笨蛋，我說的每句話都深奧到不行。」

「是嗎。」

女騎士無視無奈地揮手的他，「總之聽好了」得意洋洋加快語速：

「說自己一個人就能包辦一切的，是看不清事物真理的愚蠢之徒。」

「唷。」長槍手壞笑著應聲。「一早就在講這種像說教的大道理。」

反正早上的委託貼出來前又沒事做。櫃檯小姐也不在視線範圍內。

「嗯。」女騎士得意地回答。「說教即是述說教誨的意思，我正是在說教。」

「理由為何啊？騎士大人。」

「打個比方，假設有個一刀就能劈開天地、消滅魔神，嫌麻煩所以維持在銅等級的人。」

「有這號人物？」

「假設有。」

雖然完全無法想像，哎，就當作有吧。長槍手點了下頭。

童話故事裡的英雄反而更有真實感就是了。

「然而，你想像看看。」

女騎士說。

「那傢伙的衣服、三餐、蔬菜、肉類、鞋子、旅館、國家，全是由其他人準備的喔？」

「當然，就連心愛的女性——或男性，也是由對方父母製造出來的。」

長槍手開了個低級的玩笑。魔女默默踢了他的小腿一腳，他還沒窩囊到會叫痛。

女騎士並未發現這段小插曲，「噢，說得沒錯」感慨地贊同道。

「所以，喏。宣稱靠自己就能包辦一切，根本是在吹牛。」

「對、了……有這麼……一句，話。」

菸管轉了一圈，抽完菸的魔女半開玩笑地插嘴道。

「釀酒時，還得，唱打油詩。星象一變，酒的……味道，也會……改變。」

詩歌裡讚美女神乳房之豐滿的那一、兩個形容詞，至關重要——……諸如此類。

魔女嘴裡編織出古代賢人留下的話，女騎士用力點頭，表示「正是如此」。

連諸神都只不過是其中一柱，區區一名人類竟敢自稱全知全能，實在可笑。女騎士講得更起勁了。

「結論就是人非萬能，所以做不到的事交給其他人就好！」

「與其說交，妳的做法更接近塞給其他人吧。」

她風向帶得正開心，重戰士一如往常出面踩剎車。

「何況，管他是神還惡魔之力，都是那傢伙的力量。想怎麼使用是他的自由吧。」

「不過啊，有句格言是『力量伴隨著責任』……！」

「要拯救世界就說謝謝。要耕田就隨便他。要大罵『你們才是惡魔咧』就幹一架。」

不是很單純嗎？重戰士接著說道，女騎士「可是等等」仍不肯退讓。

重戰士半瞇著眼，露出參雜無奈、習以為常與苦笑的難以形容的表情。

「我說妳，也差不多該改掉先戴護手再戴頭盔的習慣了吧。不然每次都要人幫妳綁頭髮。」

「唔、咕……！」

致命一擊（Critical Hit）。

被戳中痛處的女騎士發出「唔」、「呃」的呻吟聲後，一副惱羞成怒的樣子回嘴：

「有、有什麼關係！又沒多麻煩!?」

「是沒錯。但妳未免太寬以律己了。」

重戰士聳聳肩，女騎士「唔唔唔」咬緊牙關，長槍手傻眼地看著他們。

兩個人半斤八兩。魔女垂下視線，輕笑聲自喉間傳出。真是怎麼看都看不膩。

「我想說的是，勇者之所以為勇者，是因為知道自己是勇者……！」

「不太懂妳想表達什麼欸。」

到頭來——魔女心不在焉地聽著兩人交談，一面思考。

到頭來，這樣的對話並沒有意義。只是無關緊要的閒聊。

世界很大，自己所看見的景象並非全貌，而是會在出乎意料的地方產生變化。

試圖看透一切、朝真理狂奔的，便是鑽研魔法之人。

發生了什麼事？後果會如何？

就算映入眼中的只是細枝末節，也能從那細枝末節開始任想像馳騁。

既然如此——

「會……怎麼樣，呢……」

這次的冒險，肯定也將十分愉快。

§

「那、那個，早安，哥布林殺手先生……！」

女神官啪噠啪噠跑過來，那名外表寒酸的冒險者一如既往地回答「嗯」。

邊境之鎮，冒險者公會的特有現象。一大早就會來，卻是最後一個去拿委託的人。

宛如一具不會動的鎧甲，站在等候室角落的姿態，對於習慣的冒險者來說已是日常。

新手冒險者起初雖然會嚇到，很快就不放在心上了。

因為對他們而言，專門剿滅哥布林的冒險者就是這點程度的存在。

最近他似乎還跟人組成了團隊，集體行動，但現在只有一個——不，兩個人。

聽說，這幾天疑似他夥伴的礦人、森人、蜥蜴人都不在。

「今天也要去剿滅哥布林嗎……？」

女神官輕輕坐到他旁邊，提心吊膽地詢問。

蘊含在這句話中的情緒比起畏懼……不如說，是躊躇？

他們倆開始一同行動，不曉得過了多久。

並不短。數年。雖然稱不稱得上長因人而異……

「嗯。」

人稱哥布林殺手的冒險者，用淡漠低沉的聲音簡短回答。

「先看一下情況。」

「……好的。」

女神官點頭，對話就此中斷。

冒險者們無謂的閒聊，化為無意義的音波蜂擁而至，填滿空間。

沉默固然難耐，但在沉默期間參雜聲音，也未必會好到哪去。

然而，女神官坐立不安地挪動了一下平坦的臀部，靜靜開口：

「那、那個！」

「怎麼了。」

「是、是不是，有什麼……該做的……？」

女神官講出這句欠缺主詞、語意不明的話後，害羞地低下頭。

乍看之下，難以判斷她為何感到害羞。

是在為意義不明的發言，還是為沒採取行動的自己呢？

哥布林殺手聞言，低聲沉吟，鎮定地開口：

「**局已經布好了**。」

「咦……？」

女神官當場愣住，表情如同突然被人輕戳額頭的小孩，抬頭望著鐵盔。

「雖然我沒有實際經驗。」

他先講了句開場白，才對她解釋道：

「獵鹿的時候，似乎最好不要動。」

「鹿……」

「直到目標以為我方是路邊的樹或石頭為止。」

然後一口氣射出箭，命中要害——的樣子。

女神官「噢」發出像佩服又像無奈的嘆息聲。

她豎起纖細的手指抵住下巴，「嗯」思考了一下後，嚴肅地說：

「你真的，懂很多耶。」

「只是到處去查罷了。」

哥布林殺手的語氣，以謙虛來說又太過豪邁。

「專業的獵兵、斥候、戰士，我都比不上。」

「……但你懂的很多。」

女神官反駁道。冒險、戰鬥方式、探索方式──她板起手指計算起來。

「知道一大堆事，腦袋也總是在想一大堆事……太狡猾了。」

「是嗎？」

「是的。」

「是嗎……」

哥布林殺手悶聲說道，陷入沉默，不曉得對這句話是同意還是不同意。

女神官注視著那頂鐵盔，過了一會兒，彷彿在自言自語般喃喃說道：

「……我以後，也能變得懂很多事嗎？」

「不知道。」

「居然說不知道……」

「我從來不認為，自己有多聰明。」

又怎麼會知道。他都這麼說了，女神官自然無法繼續回嘴。

她幼稚地「哼」一聲鼓起臉，隨即發現這個舉動很孩子氣，挺直背脊。

「那麼，我會學。」

回話的語氣彷彿鬧脾氣似的滿不在乎，卻帶著一絲愉悅。

「我會學習更多事，鍛鍊自己……更加努力。」

「是嗎。」哥布林殺手點頭。「那樣很好。」

是的。女神官宛如聽話的學生回應稱讚，接著再度閉上嘴巴。

冒險者公會的喧囂聲重新湧現，無謂的閒聊充斥四周。

剛才這段對話，也只不過是無關緊要——沒有意義的交談。

這樣的時間，很快就要迎來終結。

消失在櫃檯後面的公會職員，立刻抱著一疊紙現身——……

「注意！今天的工作要貼出來囉——！」

冒險者紛紛歡呼，迫不及待衝向布告欄。

簡單的工作、困難的工作，儘管有所差異，不去冒險就沒飯吃。

「喂，看這個！」

「什麼東西？護衛地母神寺院？」

突然自熱鬧氣氛中傳出的話語，令女神官雙肩一顫。

「怎麼？被聽見傳聞的流氓盯上了？」

「哎呀，聽說至高神的神殿會提供金援——……」

「哦，那不錯啊。還有錢可以賺！」

「俗話說好心有好報，對有難之人伸出援手也能為自己積德。」

冒險者們一面隨心所欲地暢談，一面搶委託。

女神官帶著難以言喻的複雜表情凝視這一幕。

那些人明明也有助長這則謠言——……大概是在這麼想吧。

——一想到那纖瘦的胸中八成沉澱著這樣的情緒，便覺得有些退縮，不過這也沒辦法。

那個人做好覺悟，從椅子上站起，快步走過冒險者空出的區域，直線往那邊前進。

「——？」

少女一臉納悶地望向他。面無表情的鐵盔同時看過來。

唔。他倒抽一口氣。這名冒險者的模樣，讓人懷疑他會不會是裡頭空空如也的不存在的騎士（註3）。

面對這股壓力，除了退縮，會感到猶豫也是理所當然，他繃緊身子。

「有事嗎。」

他簡短回答「對」，聲音非常微弱、緊張。

這樣不行。他深呼吸一次，清了下喉嚨：

「拜託你。有個緊急的委託——可以幫幫我們嗎？」

註3 義大利作家伊塔羅·卡爾維諾的著作。主角為沒有肉身，只是一具中空鎧甲的騎士。

水之都酒商的兒子，語氣平靜地說。

§

「哥布林嗎？」

「不是……不，你說得沒錯。」

女神官率先對含糊其詞的年輕人投以不安視線。

酒商之子。水之都的。他報上的身分對女神官而言，帶有諸多意義。

她開口想說話，卻發不出聲音，彷彿那句話卡在喉嚨。

——該說什麼才好……

該罵他嗎？該冷漠地拒絕他嗎？生氣、怒吼、哭喊、趕走人家就行了嗎？

講白點，謠言明顯源於水之都的酒商不是嗎？

因為——……她調查、探聽到許多情報，足以肯定他們動過手腳。

當然沒有任何證據。可是，用不著證據也知道，能從中獲得利益的只有他們……

分不清是推理、臆測還是妄想的思緒，在女神官腦中打轉。

她只是這麼覺得。珍視之人受到傷害了。

——沒有我們不能報復的理由。

女神官心裡冒出這個念頭，如同種子萌芽，逐漸擴散。

哥布林的女兒。對方隨便散播這種謠言，為什麼我們非得忍耐不可？

事到如今還來拜託我們。哪有這麼好的事。給我道歉。誰理你們啊。活該。

若要問可能發生與否，是可能的。只要順著激動的情緒行事即可。

然而——女神官活到現在，始終相信不該這麼做。

奉行著以慈悲待人、為他人著想、助世的精神一路走來。

那是她的信仰，她十六、七年的人生。

她當然不認為每個人都有苦衷、有其中的緣由，應該無條件原諒對方。

然而，未經思考就選擇大吵大鬧，實在——……

——太難堪了。

女神官深深吐氣，吸氣，彷彿要暢通喉嚨。

藉以將積在心中的那股黑暗、沉重、黏稠的炙熱，盡數除去。

「……我覺得，」她停頓了一下。「可以聽聽看他怎麼說。」

「是嗎。」

哥布林殺手的回應與平常無異。

不知為何，這讓女神官難以忍受。

「那就聽吧。在這談行嗎。」

「那個……」

透過方才的對話及女神官持有的聖印，酒商之子似乎注意到了。

他尷尬地搔著臉頰，瞥了周圍——聚在一起爭搶早上委託的冒險者一眼。

當然，他們應該沒在注意這邊，但這裡有太多對耳目了。

畢竟能否察覺到身邊不尋常的狀況，關乎冒險者性命。

「事已至此，也顧不得什麼面子，不過……」

酒商之子嘀咕著，支支吾吾地說。

「……方便的話，能不能借間談話室？」

「好吧。」

哥布林殺手點頭，轉頭瞄向櫃檯。

熟識的櫃檯小姐似乎忙著應對來搶早上委託的冒險者。

總不能未經許可就使用會客室——

「——啊。」

這時，他跟拿著文件待在角落的監督官對上目光。

她神情自若地收起用文件遮住的書，展露微笑。

哥布林殺手並未將她的動作放在心上，默默指向二樓，和酒商之子。

監督官點點頭，看了看忙得不可開交的櫃檯小姐，豎起食指抵在脣上。

要保密喔——是這個意思吧。不管怎樣，得到允許就好。

「走。」

「喔、喔……」

哥布林殺手淡淡丟下一句話，踩著大刺刺的步伐帶頭走向二樓，酒商之子困惑地跟在後面。

「……」

女神官咬住下脣，雙手握緊錫杖，立刻追上去。

爬上階梯來到二樓——最裡面的房間。

這裡是與公會職務相關的區域，而非做為「冒險者的店」二樓的旅館部分。

仔細想想，要踏進只有升級審查時才能進入的地方，還滿緊張的。

——不對。

那是藉口。這麼簡單的事，女神官也知道。

或許是因為，她完全沒整理好自己的心情。

儘管如此——她還是決定要聽。

推開厚重房門，冒險者的業績在裡頭的會客室一字排開。

璀璨的寶石、勳章、在詩歌裡也出現過的各種知名武器——……

即所謂的獎盃。
被挑出來當成擺設的，是比酒館裝飾品——例如怪物的頭骨或角——更加華麗好看的東西。
應該是為了在現在這種場合，當面向委託人展示吧。
看到其中的粗獷鐵鎚，女神官心裡有點驕傲。
她將自尊心化為勇氣，平坦的臀部輕輕落到會客室的長椅上。
酒商之子坐在對面——女神官身旁是哥布林殺手。
能感覺到他裝備的重量，壓得長椅靠墊吱嘎作響。
「那麼，有什麼事。」
彼此做過簡單的自我介紹後，主動開口的是哥布林殺手。
酒商之子沉默不語——冷靜下來一看，他外貌比想像中還年輕。
八成是因為吃得好保養出來的膚質和臉色，以及雖豪華卻不失氣質的服裝。
二十歲，或者再大些。推測是到現場帶頭累積經驗，以便日後繼承家業的年紀。
女神官在心中推測，專心注視著他。
因為，神沒有授予她「看破（Sense Lie）」的神蹟。
「……父親他與混沌的眷屬訂了契約，這件事浮上檯面了。」

——換言之，這句話是真是假，必須靠她自己的意志判斷。

§

——我早就覺得父親不太對勁。

生意並未遇上瓶頸。照理說是這樣。父親卻非常拚命。

他還趁與地母神寺院有關的那個謠言傳出時，得意洋洋地採取行動。

這不是在辯解，但我早就覺得奇怪了。

商人是罪孽深重的職業，若能帶來利益，就連混亂的狀況也喜聞樂見。

然而，那終究是因為工作……儘管幸災樂禍，也只是一般人的程度。

父親卻笑了。

敬業、認真、老實，雖然我的身分不適合講這種話，我覺得父親是很有才能的人。

父親工作的模樣，我從小看到大，衣服上的酒味就是父親的味道。

……不，我知道。抱歉。這跟正題無關……

總之，父親很拚命。

釀酒釀得挺順利的，也有賺到錢。把事業擴展開來吧，把生意越做越大吧。

如今回想起來——混沌的芽苗應該就在那裡。

工作賺錢。用賺到的錢擴展事業。擴展事業工作就會增加。如此循環下去。意即生意做越大，錢就花得越多，一旦擴展不順就難以維持，只會失去餘裕。父親慌了。所以……才會跟混沌勢力聯手吧。

也就是說，他協助那些傢伙的企圖——報酬是從計畫的狹縫間賺取利益。

真好笑。他被騙了，會去跟那些傢伙合作的人才有問題，不是嗎？

可是一旦牽扯到買賣……比起正義、人情之類的東西，相互利益通常更靠得住。

我當然不會說我們有多清廉。我們也委託過見不得光、在影子裡行動的人幫忙跑腿。

即使如此，那也是因為他們是能抹消掉存在的人才。

事情不會浮上檯面是大前提——噢，話題又扯遠了。

……著急的父親謹慎地制定計畫、締結契約，選擇把證據留在手邊。

意思是如果自己遭到危害，被人抓到，契約就會公諸於世，你們的計畫也會失敗。

另一方面，對方也表示「如果敢背叛，就讓你吃不完兜著走」——很老套對是這樣的保障。

吧。

你們想笑也無所謂，不過，父親失策了。

前幾天，有小偷潛入鎮上的警衛長家。

……以前也發生過這種事，好像被偷了菸管還藥盒。

但這次不同。**小偷是洞穴巨人**。

聽說那傢伙把警衛長的房間搞得一團亂，逃了出去，被碰巧經過的冒險者解決了。

那隻巨人啊——

……不知為何，把**父親的契約書**掉在警衛長的房間。

然後就完蛋了。

顏面盡失的警衛隊氣得要命，開始追究，一切都攤在陽光下。

父親被捕，逃不了破滅的命運。

而我——幸運的是，我不清楚內情。在水之都的律法神殿，「看破」也替我證明了這點。

問題當然不會因為家業由我繼承就圓滿解決。那幫人也知道這件事公諸於世了。

事情發生在數日前的早上。

我們家的傭人中，有名男子參加過十幾年前的戰爭。

那個男人說，後門有腳印。他曾經看過。絕不會錯。

——他說，那是哥布林的腳印。

§

從他開始描述，一直到結束的這段期間，會客室十分安靜。

酒商之子只是不停說著，彷彿要表示自己沒有半句虛言。

即使不會「看破」的神蹟，女神官依然判斷他所說的話是事實。

——雖然能瞞過「看破」的手段要多少有多少。

承認內心深處有個壞心眼的自己在輕聲呢喃，很讓人煎熬。

「原來如此，**用這招嗎**。」

哥布林殺手平靜的聲音，傳入心情煩悶的女神官耳中。

咦？鐵盔承受住她的視線，卻沒有回應，接著問：

「公會？」

「提過了。」酒商之子說。「但水之都沒人願意接下這件委託。」

他接著用帶著一絲戲謔的僵硬動作，自嘲地聳肩：

「……不是因為內容是剿滅哥布林，而是因為我是與混沌聯手之人的兒子。」

「這——……」

女神官張開嘴，卻不知道要說什麼，又閉上。

說這是應得的報應？說人家活該？不。不。不，不要，不要。

我絕對不要——講出這種話。握緊錫杖的雙手瑟瑟發抖，錫杖喀啷作響。

「但，看這情況，隔天似乎沒遭到襲擊。」

「那名傭人說總之派個人拿武器站崗，就能騙過小鬼。」

哥布林殺手「唔」了一聲，一面思考，一面冷靜地與對方交談。

看到那無可救藥的冷酷態度，女神官像要尋求依靠般豎起耳朵。

「我們家不是沒警衛……雖然這起事件過後，大多都走人了。」

但武器還留著，也有幾個願意留下的傭人。

讓他們負責看守，每晚變更配置，還在葡萄園設置穿鎧甲的稻草人。

「爭取時間。」

哥布林殺手一句話就否定了他們微薄的努力。

「不壞，但撐不了多久。」

「嗯……所以我才去找律法神殿幫忙。我不認為這有什麼好丟臉的。」

然而，混沌的企圖已浮上檯面，必須立刻處理。

至高神神殿早就制定好支援地母神寺院的計畫，派出人手。
實在沒有多餘心力分給剿滅哥布林這點小事。
何況是為了拯救可謂自作自受、遭到報應的——背信者之子。
「不過……我認識的貴族千金現在成了獨立商人，跟神殿關係不錯。」
講到這，酒商之子的表情終於放鬆，彷彿獲得了救贖。
「她幫忙安排和大主教大人會面……我便把情況一五一十向大主教大人稟報了。」
「然後，就來找我。」
「對。她說西方的邊境之鎮，有位專殺小鬼的冒險者……」
女神官可以輕易想像。
女商人——曾經的千金劍士——和劍之聖女，聽見小鬼一詞時露出的表情。
她們都在採取行動，即使不得不跟小鬼扯上關係，而自己卻是這副德行。
來來去去的思緒糾纏不清，化為尖刺，扎進女神官心中。
「試試看吧。」
因此，這句實在太一如所料、太過銳利的答覆——深深刺痛了她。
「你要答應嗎!?」
比想像中更加尖銳、彷彿在責備人的話語，從女神官口中傳出。

她反射性遮住嘴，但說出口的話是收不回來的。

「沒有拒絕的理由。」

「可是……！」

——可是什麼呢？難道妳想叫他不要答應？

心中黑暗的自己所說的話，令她想摀住耳朵縮起身子。

然而，即使燒爛雙眼弄聾雙耳拔掉舌頭，也無法逃離從心裡湧上的話語。

哥布林殺手卻直截了當地對臉色發白、雙肩顫抖不已的她開口：

「無論是誰，有什麼原因，都不代表就能放任哥布林殺人。」

「啊……」

女神官呆呆地——茫然地——仰望廉價的鐵盔。

面罩底下的他的臉龐、雙眼，都成了黑影，無法看清。

她卻有種連內心深處都被看穿的感覺，垂下視線。

沒錯。

正是如此。

某人的父親做了壞事，令人反感，所以那傢伙怎麼樣都無所謂。

這跟因為母親被小鬼侵犯，就嘲笑其女兒的人沒什麼兩樣。

講白點——簡直像哥布林會做的事不是嗎？

「你家和周邊地形……有地圖嗎。我想在實際探勘前掌握清楚。」

「沒、沒問題……！」

酒商之子一臉不敢置信的樣子，點頭。拚命點頭。

不僅如此，他還激動地握緊哥布林殺手粗糙的手：

「你願意、接下委託嗎……！」

「我只會盡己所能。」

「不好意思，得救了……！有什麼需求儘管開口，我盡可能備齊——提供協助！」

——事情終於變單純了。

哥布林殺手喃喃自語，心中有如風平浪靜的海洋，與女神官不同。

他甚至覺得就該這樣。

哥布林來了。迎擊，殺掉。一隻都別想逃。

沒什麼大不了。一如往常。該考慮的事情雖然多，沒必要煩惱。很輕鬆。

——冒險固然愉快。

不知道自己的計策會如何運作，只能坐著乾等，甚至讓他覺得痛苦。

對他而言，狀況是該親手改變、掌握的東西。

不該交給其他人。

——不該做不習慣的事。

哥布林殺手心想，鐵盔底下的嘴唇微微扭曲。

或許單純只是因為做的時間久，習慣了這些事，不過——

——遠比都市冒險（City Adventure）更適合我。

「……對了。」

哥布林殺手放鬆了一下終於得到自由的手，突然想到似的開口說：

「鎮外不是有座牧場嗎。」

「嗯，喔。對啊，我看過。是父親想收購的地方。」

這個問題毫無脈絡。

酒商之子在困惑同時，又擅自推測大概是什麼重要的事，認真點頭。

「你怎麼想？」

「怎麼想——……」

這個嘛。酒商之子雙臂環胸，邊想邊盯著天花板。

家畜照顧得不錯，看起來很健康，長得又肥又壯。

牧場油綠且茂盛，想必能在那裡悠閒地放牧。

還設置了配合牧場面積的柵欄及石牆，一眼就看得出管理得很仔細。

既然如此，結論只有一個。

「是座好牧場。」

「是嗎。」哥布林殺手點頭。「我也這麼認為。」

對他來說，這樣就足夠了。

那麼，剩下一件事要確認。

哥布林殺手在腦中擬定計畫，轉動鐵盔。

低著頭的女神官察覺到他的氣息，肩膀抖了一下。

「要不要來，隨便妳。」

§

「所以，他就答應了？」

「……是的。」

「真拿那個人沒辦法呢。」

「……請不要模仿我。」

妖精弓手笑著道歉，對正在鬧脾氣的女神官揮揮手。

地母神寺院門前，被冒險者擠得水洩不通。

不如說是女神官和哥布林殺手前往此地的過程中，有眾多冒險者同行。

的。

當然，雖說他們接納了哥布林殺手，這些冒險者並不是為了幫助這個怪人而來冒險者行動的原因不外乎一個，為了冒險。

畢竟這次的大任務，委託人可是水之都律法神殿的大主教——劍之聖女。該保護的場所是地母神寺院。外加敵人是混沌勢力。

報酬、功績都很優渥。若能以正當名義大鬧一場，更是無話可說。

於是，許多冒險者為了報酬爭先恐後而來，導致現在這個結果。

他們各自穿著雜七雜八的裝備，聚在一起閒聊。

寺院修女看見這個景象也兩眼發光，四處奔走，採取應對措施——……

——是不是，開始就該這麼做？

回想起以前，只有在故事書和對方前來治療時才看得到冒險者的年紀，女神官如此心想。

這樣的話，狀況肯定會有巨大的改變。

哥布林殺手正在與礦人道士和蜥蜴僧侶討論事情，女神官將他排除在視線範圍外。

就算她覺得自己思考過、付諸行動了，依然還不夠。她什麼都沒做。什麼成果都沒拿出來。

交給其他人，是不是會有比較好的結果？

如果不要想得那麼複雜，趕快把問題丟給其他人——沒錯，丟給厲害的人解決……

「妳大概誤會囉。」

「咦……」

妖精弓手銀鈴般的聲音，朝憂鬱的思緒送來一陣風。

我把正在想的事說出來了？她反射性望向森人的臉，妖精弓手豎起食指，在空中畫了個圓：

「做自己力所能及的事就好。做得到所以去做。也做到了。不是嗎？」

「是這樣、嗎……？」

即使如此，女神官心情還是沒有變好，神情仍舊憂鬱。

她並非坐鎮於天上棋盤前的棋手，究竟有沒有克盡自己的本分，令人存疑。

「妳呀。」

「啊嗚……!?」

妖精弓手輕輕戳了下她的鼻尖，彷彿在對待自己的妹妹。

「妳找了護衛來，結果敵人沒來。這不是皆大歡喜嗎？還有什麼好不滿？」

「沒有不滿……」女神官按住鼻子。「不過，這樣就好了嗎？」

「採取行動後所得到的結果，沒有導致任何人不幸，當然好呀。」

凡人壽命那麼短，還總愛計較些芝麻小事，眼前的事卻常留意不到。

妖精弓手聳肩，無奈地搖搖頭。

誇張滑稽的動作，由上森人（High Elf）做出來便成了優雅的舉動，真不可思議。

她接著瞇起眼睛，宛如一隻淘氣的貓：

「以冒險來說很無聊就是了。而且接下來還要去剿滅小鬼！」

我要仔細跟歐爾克博格討這筆人情。妖精弓手講得輕描淡寫。

女神官簡短應了聲「是」，然後瞄向那群冒險者。

如上所述，這是很有賺頭的工作——然而，某種意義上，也可以說是簡單的工作。

聚集而來的冒險者，程度大多比經歷過下水道或剿滅小鬼的新人稍強。

沒有銅或銀等級的上級冒險者，稚氣尚存。

「劍，帶了！棍棒，帶了！護額、鎧甲，帶了！火把——用不到吧？」

「帶著也不會怎樣。還有藥之類的……小心別摔破喔。」

「應該沒問題。我有用麻繩綁好。欸，妳也轉一圈啦。我幫妳檢查。」

新手戰士跟見習聖女——不對，已經不能再這樣稱呼他們——也身處其中。

經歷過上次的雪山冒險，兩人開始嶄露頭角——並沒有。

他們似乎還是老樣子，踏實地一步步向前。

不過，速度比之前快了那麼一點。

「哎呀哎呀，各位也是來這邊工作的嗎？」

這也是因為語氣悠哉的兔人獵兵加入了他們。

少女——應該是——左右搖晃長耳，擺動長腿，愉快地笑著。

「我認識的人還不多。能跟大家一起行動就放心了。」

她說到這，「不好意思」從腰間雜物袋中取出樹果開始嚼。

聽說兔人是只要有吃東西就能一直動，不吃東西會立刻感到飢餓的種族。

不可思議的是，看到她幸福地動著嘴巴的模樣，心情會平靜下來。

要說不可思議的話還有一件事。不知為何，她不停在抓頭髮。

每抓一次，柔軟蓬鬆的白毛就像棉花似的飄到空中，連女神官都不禁把憂鬱拋在腦後。

「哇，好多毛……」

「這叫換毛。山下很熱，超級難過的。好癢喔。」

經她這麼一說，的確，少女的白髮到處都逐漸變成褐色。

——對喔，夏天快到了。

女神官發現自己連思考這點小事的心力都沒了，抬頭仰望天空。

藍天另一頭是耀眼的陽光，照得她睜不開眼。

妖精弓手見狀，「哼哼」得意地挺起平坦的胸膛：

「我們等等要來場大冒險喔。」語畢，她露出苦笑。「雖然是剿滅哥布林。」

「噢，這樣呀，真可惜。哎——下次有機會再一起吧。」

少女的語氣宛如少年，無法分辨到底有幾成是認真的。

然而並不會覺得她在說謊，女神官心情輕鬆了些。

——該怎麼說呢，好單純——……

雖然自己對此也有些無奈的成分。

「喂——妳也過來這邊啦！要檢查裝備囉！」

「好喔——」

白兔獵兵突然被新手戰士呼喚，笑出聲來。

她乖乖往回跑，卻倏地停下腳步，轉身：

「噢，對了，修女姊姊找妳。」

「咦。」

女神官沒能立刻做出回應。

明明她是自己應該要第一個去見的人。

白兔獵兵沒察覺到她的異樣，「再見！」揮著手跑走。

妖精弓手無奈地嘆氣，接著擺出年長者的態度，上下抖動長耳：

「去吧。我們也有其他事要做。」

她推了下女神官的肩膀，女神官跌跌撞撞地向前走，與其他冒險者擦身而過。

扛著斧頭——識別牌是翠玉，第六階——的冒險者，帶著團隊前來。

後面是穿著破外套的妖術師，以及身披破舊法袍的中年僧侶。

妖術師不耐煩地翻閱著魔法書，不曉得在碎念什麼。

大概是在努力熟記今天選的法術。周遭的雜音令她嘖了一聲。

不過，疑似頭目的戰斧手毫無為她著想的意思，宏亮的嗓音與妖術師的咂舌聲重疊在一起。

「嗨。聽說先來的是你們的團隊？你們要繼續留在這嗎？」

「不——」妖精弓手自豪地微笑。「等等要去冒險。」

「那我們就是等級最高的人了……」

斧手一副嫌麻煩的樣子，深深嘆息，不久後似乎切換好了心情：

「好，那就麻煩你們交接一下啦。」

「交給我吧。說是這麼說，其實也沒什麼大不了的事——……」

女神官轉身背對他們，小步走在備感親切的寺院中。

一邊向認識的人——神官與冒險者——點頭致意，不慌不忙地走著。

但可以的話，真希望走到那邊的時間若非轉瞬，即為永恆。

這段時間漫長到很難什麼都不去想，又短暫得無法用來下定決心。

無意義的思緒在腦中打轉，散落成碎片，於腦海飄盪。

許多人講了許多事。

許多人在做許多事。

——那麼，自己呢？

世界無邊無際，又複雜，太多看不見的部分。

絕大多數是一輩子也無法得知的事情吧。

若要將這個世界譬喻成舞臺，隔著一塊板子的後臺，肯定更加遼闊。

不對，此處僅僅是對她而言的舞臺，其實這邊才是——……

——後臺。

這種事，照理說顯而易見。

只會傾聽神明聲音的小丫頭，以為自己能做到什麼嗎？

能夠引發神蹟的神官，在四方世界裡有多少人啊。

經歷過許多場冒險。原來如此，那又如何？

稍微成長了一些。那又如何？

這點小事，在棋盤上僅僅是一格都填不滿的一小步。

妳真以為自己能做到些什麼？

才剛變得輕鬆愉快的心情，沒多久又逐漸沉重、混濁起來。

女神官下意識頻頻撫摸後頸，無精打采地前進。

她不經意地察覺到「啊，我快哭出來了」。彷彿置身事外。

女神官咬住嘴脣，面向前方。這時——

「嗨——真是，怎麼啦？瞧妳愁眉苦臉的。」

「啊……」

她撞見那名自己在找的修女，燦爛如太陽的笑容在眼前閃耀光輝。

伸出褐色的手，溫柔包覆住女神官的臉頰，本以為是要摸她——

「咿呀!?」

葡萄修女卻用力掐住她的臉，往兩邊扯。

淚水的意義瞬間變得截然不同，女神官忍不住尖叫——又為自己滑稽的反應感到羞愧。

接著換成上下拉扯，女神官發出「唏嘿啊唔咿！」的有趣聲音。

她終於氣得顫抖起來，葡萄修女猛然放開雙手，聳聳肩膀：

「笑一下，笑一下。神官只有在世界滅亡時才能垮著一張臉喔？」

「怎、怎麼能因為這樣就捏我臉，會痛耶……！」

「不過，妳已經沒那麼沮喪了。」

女神官氣呼呼地反駁姊姊，卻看到她滿足的笑容，變得一句話都說不出來。

——這個人真的是。

她剛剛還在想見面時要說些什麼，如今隨著煩惱一同拋到腦後了。

「……為什麼，妳有辦法這麼開朗？」

因此，最後脫口而出的是發自內心的疑惑。雖然她噘著嘴，導致這個問題感覺像在鬧脾氣。

「這個嘛……為什麼呢？」

身為當事人，葡萄修女卻一副毫無頭緒的態度。

應該是待洗衣物吧，她沒規矩地坐到用來裝衣服的籃子旁的水桶上。

然後晃著雙腿，瞇起眼望著寺院迴廊外的藍天。

「大概是因為我知道。」

「知道……？」

對——葡萄修女點頭，熟練地對可愛的妹妹拋了個媚眼。

「自己才不是什麼哥布林之女。」

既然如此，哎，其他人在傳的那些謠言，聽起來是多麼可笑啊！

啊啊，明明什麼都不知道還講得那麼高興。不過就這樣罷了，她笑著說。

「何況，再怎麼煩惱、生氣、哭泣，最後都一樣會肚子餓，被人搔癢就會笑。」

那麼，過得開心點肯定比較划算，而且對自己也好……

「……」

女神官不明白。

不明白，但她覺得那是非常——非常單純的事。

因為那是她從懂事開始，就一直、一直反覆積累的事。

葡萄修女坐在桶子上彎下腰，凝視女神官的臉。

女神官眨了眨眼，彷彿能將人吸進去的美麗雙眸近在咫尺。她倒抽一口氣。

「說說看我們家的神明，最重要的教誨是什麼？」

是——女神官點頭。沒什麼好猶豫的。

「——保護、治癒、拯救。」

沒錯。葡萄修女笑道。真的是，打從心底感到幸福的——開朗笑容。

「迷惘時就照著它做。誰管別人怎麼說啊，我們可是有神明陪伴呢！」

「……是。」

女神官點頭。

「是！」

堅定地，點頭。

「知道了就給我筆直前進！」

「是！我走了！」

女神官用力點頭，就這樣飛奔而出。

錫杖鏘啷作響，女神官轉過身，按住帽子一鞠躬。

「那個！」雖然她不知道該說什麼才好。「謝謝妳！」

「那是我該說的。」

她再度對愉快地說著「我才該向妳道謝」的姊姊低下頭，向前邁進。

有煩惱。有迷惘。可是，已經無所謂了。

該做什麼、該怎麼做。她很久以前就學過，付諸實行，一路走來。

或許她只是習慣了，不過。

人們想必會將這條道路，稱為信仰。

「話說回來，嚙切丸啊，你拖得還真久。」
礦人道士含笑的聲音，參雜在車輪沿著石板路上的車軌行駛的喀啦喀啦聲中。
哥布林殺手坐在馬車車棚下，默默拿出東西做事，鐵盔晃了下。
他簡短「嗯」了一聲，思考過後，用一如往常的平淡語氣回應。
「那是必要的。」
他的回答相當簡潔。無法判斷當事者理解了多少對方那句話的意思。
礦人道士在車棚外面斜眼看著向後流逝的景色，拿起掛在腰上的葫蘆大口喝酒，打了個嗝。
「我還以為聽見小鬼的女兒這種傳聞，你會直接殺過去。」
「她只是體內流有褐膚人的血。」
哥布林殺手斷言道。
鐵盔主動轉向，被面罩遮住的雙眼，看著礦人道士蓄有鬍鬚的臉孔。

「還有，委託人是酒商的兒子。不是哥布林。」

聽見這句話，礦人道士滿意地大笑，坐在旁邊的女神官微微揚起嘴角。

妖精弓手看到他們倆這樣，故意表現出無奈的態度聳肩。

「結果又是一如往常的剿滅哥布林。跟歐爾克博格在一起，真的不會無聊耶。」

「是嗎。」

「我是在挖苦你。」

「……是嗎。」

哥布林殺手咕噥道，手停了一下，又立刻開始動作。

他像個鍊金術士般，在用研缽磨碎黑色的物體。

平常會湊過去觀察的妖精弓手動了下鼻子，不悅地皺眉。

她一副沒興趣的樣子甩甩手，礦人道士拿她當下酒菜，喝了口酒。

「哎，到頭來冒險者就是棍棒。」

「棍棒嗎？」

「是啊。」

礦人道士撚著鬍鬚，回答女神官的問題。

女神官納悶地歪過頭，代替她追問的人，是蜥蜴僧侶。

「敢問原因為何？」

他像條蜷起來的蛇，緩緩盤腿而坐，抬起脖子。礦人道士點頭：

「從古至今，最後解決問題都是靠痛打一頓喏。」

在此之前仔細地鋪路、將問題劃分，走到這一步——

「才終於輪到我們出場。」

「萬物創生後，無法用暴力解決的問題才是少數吶。」

蜥蜴僧侶點頭贊同，女神官避免像在質疑他本人，露出僵硬的笑容：

「真的是這樣……嗎？」

「當然不能說全部。」

蜥蜴僧侶用符合僧人之職的深奧語氣，給予合理的答案。

「然而，收集情報、召開軍議，歷經一番討論過後——」

「結論經常是『只能殺進去了！』」

礦人與蜥蜴人面面相覷，愉悅地大笑。

他們的笑聲震動車棚，女神官不知道該做何反應。

最後她選擇跟駕駛座的人說了聲「不好意思」，藉此跳出談話。

不過，為什麼呢。連這樣的對話，都讓她心情有點雀躍。

——該說是，有種回來的感覺嗎。

之前也有和大家分頭行動過，沒什麼稀奇的。

仔細算起來，離上次跟他們一起冒險，也沒過多少天吧。

可是……嗯，用「回來了」形容，肯定最貼切。

大家熱熱鬧鬧的，自己則一臉困擾地身在其中。

這讓她覺得非常自在，女神官像要幫自己找臺階下似的輕聲說道，以掩飾害羞。

「……傷腦筋。」

「就是因為這樣，我才會說礦人和蜥蜴人腦袋的螺絲鬆了……」

妳別介意喔。妖精弓手對女神官說，豎耳傾聽車棚外的聲音。

「欸，我看到了，是那棟房子嗎？」

她探出身子，哥布林殺手立刻移動到她旁邊。

鐵盔伸到車棚外的陽光下，轉頭望向前進方向。

——原來如此，是那個嗎。

茂密的矮木群對面，有棟聳立於高地上，彷彿在俯瞰這裡的房屋。

原來如此，酒商似乎賺了不少錢。是棟豪華嶄新的宅邸。

哥布林殺手沉吟了一會兒，仰望那棟房子，低聲說道：

「妳怎麼看。」

「通常不是問我吧。」

是沒關係啦。妖精弓手定睛凝視車棚外，晃動長耳。

「西邊是葡萄園。然後是房子。從房子下到河堤，東邊是河川……」

「河川？」

「因為有水聲嘛。」

妖精弓手表現出「懷疑啊」的態度，理所當然地挺起平坦的胸膛。

哥布林殺手「唔」了一聲，在雜物袋裡摸索，取出地圖。

當然是廣範圍的地圖。必須重新調查詳細地形，加以確認——

原來如此，東邊確實有條河。

沿途流經水之都，疑似是之前造訪森人(Elf)村落時南下的那條河的支流。

「總之，要來的話八成是從西邊。」

妖精弓手瞥了止在看地圖的他一眼，隨即輕盈地鑽回馬車。

表示就這名森人來看，做這種事並非自己的職責吧。

之後只要親眼見證，當場想辦法即可，沒什麼要在事前考慮的事。

「葡萄園是否會成為要衝。」

「要衝？」

因此，她沒有立刻理解突如其來的問題，重複了一遍。

接著咕噥道「噢，要衝啊」，不曉得到底有沒有聽懂，點頭。

「這個嘛，哥布林很矮，應該沒什麼意義吧？」

「是嗎……」

葡萄樹幹很細，加上為了方便耕作，種植時中間有特地空出間隔。

跟梳子一樣——哥布林殺手心想。

若是經過整備的道路，哥布林會傻傻地直線衝過來，嗎？

「……不能用火。」

之前立刻回他「這還用說嗎」或是「那當然囉」的人，不曉得是誰。

哥布林殺手將這個疑惑從腦海驅除，瞪著隨馬車前進而流動的景色。

站在各處的人影異常引人注目。以為是守衛或傭人，結果不是。

手拿武器、帶著鐵盔的那些物體，似乎是趕工製成的稻草人。

晚上也就算了，白天實在沒什麼用。然後，對小鬼而言，夜晚是白天。

哥布林會因此大意，還是加倍警戒——哥布林殺手陷入沉思，搖搖頭。

無論如何都沒有太大的意義。不管白天黑夜，他們照樣會殺過來。小鬼就是這樣。

而且主動發動攻勢的那些傢伙，絲毫不覺得自己會輸。

不過——對眾多冒險者來說亦然。

§

「不好意思，真的很感謝各位願意過來……！」

下了馬車，迎接團隊的是先回來的酒商之子。

然而，一行人在他的帶領下穿過大門，映入眼簾的卻是出乎意料的景象。

「唔……」

「噢……這還真是……」

哥布林殺手停下腳步，旁邊的礦人道士忍不住說道。

庭院整理得很細心，小徑（Approach）前方是一扇厚重的橡木（Oak）門。

大廳（Saloon）——卻空蕩蕩的。

到處都看得見建材及骨架，重新塗裝的牆壁也只漆到一半。

家具被移開，扔在角落的地上，只有用防塵布蓋著。

該說是施工途中呢，還是即將崩塌的廢墟？女神官無法判斷。

「這裡……在施工嗎？」

酒商之子說「雖說也顧不得面子了，起碼外觀要撐一下」，回答她猶豫過後提出的疑問。

「父親之前委託工人翻修，結果人都跑光了。」

「哇……真沒良心啊。」

提到木材及石材，而非樹木及原石，那就是礦人的領域了。他皺眉罵道。

此刻他的心情，就有如森人站在遭到濫墾濫伐的森林前那樣。

礦人道士神情極度憂鬱，語氣中蘊含對無法盡到職責、被人棄置於此的建築物的強烈同情。

「明明是棟好房子，扔在這太可惜了。」

「但，這樣正好。」

哥布林殺手，伸手碰觸臨時搭建的牆壁，滿足於它的薄度。

「把牆壁打掉。敵人數量多，要以此為據點，最好暢通內部的行進路線。」

「為啥？你想把這棟房子當要塞？」

礦人道士睜大眼睛，半是傻眼，半是開玩笑地說。「不，」哥布林殺手搖頭回答：

「是當分城。」

「唔，此乃防衛戰的基本戰術吶。」

一如往常，回話的是以奇怪手勢合掌的蜥蜴僧侶。

在整個團隊中，他是最擅長軍事的種族，一旦像現在這樣牽扯到戰爭，話就會多起來。

他晃動長尾，伸出舌頭，把臉湊向哥布林殺手的鐵盔：

「儘管不清楚混沌勢力目的為何，不可能只是單純的制裁、報復。」

「哥布林有聰明到會考慮除此之外的事嗎。」

「小鬼沒有，但主使者有。如此一來，他們的目標想必也能預測。」

「唔。」哥布林殺手陷入沉思。這裡有的東西。「葡萄與酒。以及建築物。」

「是想靠掠奪補給物資吧。然而，補給這行為必然伴隨著目的。」

「水之都……是所謂的橋頭堡嗎。」

「恐怕。但那也絕非主要目的，這可是多方面作戰吶。既然如此——」

兩位智囊熟練地討論著戰術。

他們你一言我一語，女神官費盡心力才能勉強跟上。

她會感到卻步，而身為還無法獨當一面的人，光聽他們討論也能學到許多。

——不過，該講的事就該講清楚，對吧。

「那個。」

女神官可愛地清了下嗓子，兩人的視線刺在她纖瘦的身軀上。

受到注目的女神官紅著臉，戰戰兢兢舉起一隻手。

「這些事，不是該先跟委託人確認後再談會比較好嗎……？」

「……唔。」

「誠然。」

哥布林殺手低聲沉吟，蜥蜴僧侶眼珠子轉了一圈。

擺出一副事不關己的態度，漫不經心地在旁聽著的妖精弓手，此時喉間發出銀鈴般的笑聲，忍著笑意。

真的是——該怎麼說呢，跟平常一樣的對話。女神官也微微揚起嘴角。

看著一行人（Party）的礦人道士也無奈地嘆息，轉頭面向委託人：

「事情就是這樣……老闆，你不介意吧？」

「請便。」

酒商之子還沒開口，大廳的樓梯上方便傳來回應。

音色宛如繃緊的弓弦的說話者，是一名老婦人。

她身穿優雅但不華美，顏色沉穩的服裝，灰色髮絲高高盤起。

過去想必美麗又滋潤的容貌，如今變得消瘦，歷經歲月風霜。

但她絲毫不以為恥，氣勢十足地走下樓梯的動作，才是她現在的美。

女神官倒抽一口氣，挺直背脊。就連這個舉動，老婦人都視之當然地接受了。

「這個家剩下的名譽已是碩果僅存，既然如此，其餘統統無關緊要吧。」

「母親……」

「住嘴。」

語氣嚴厲的這句話，明明是出自一名老婦之口，卻非常有力道。

銳利的眼神掃過冒險者，彷彿在打量他們。

「我們這個家系，絕無一蹶不振的道理。」

面對這種狀況，她還能堅定意志的原因，想必就在於此。

——這就是所謂的人生態度(style)嗎？

她想起不久前，在流浪者的巢穴聽見的話。

雖然對女神官來說，她還只能稍微理解這個概念。

「做生意和戰鬥都一樣……諸位冒險者，期待你們能拿出與報酬相符的成果。」

老婦人優雅行了一禮，以俐落的動作走上二樓。

剛才她出現時，肯定也是用這種沒發出半點腳步聲的走路方式。

「凡人(Hume)真的很有趣耶。」

女神官旁邊的妖精弓手輕笑出聲，話中蘊含些許的敬意。

「身為年長者，得讓**那孩子**看看我帥氣的一面才行。」

「雖然對我而言，對方完全是位長輩。」

所以，千萬不能在人家面前出糗——女神官心想。

商人叫自己拿出與報酬相符的成果。對他們來說，這句話同時也是信賴的證明吧。

村人努力蒐集來的舊貨幣，以及商人從金庫取出的金幣，價值是一樣的。

有父親，有母親，有小孩，有朋友，有工作，度過每一天。

——大概就是……這麼一回事吧。

女神官捫心自問——或許是在問天上的地母神。

當然不可能得到答案。不過，這樣就夠了，一定。

「好吧，為此要做的各種準備，就交給歐爾克博格他們吧。」

妖精弓手表情瞬間一變，語氣相當輕鬆。反正我只負責射箭。

「長耳朵的，妳說什麼蠢話啊。人手不足，就算是鐵砧也沒空晾在一旁。」

妖精弓手「咦咦——！」出聲抗議。礦人道士予以無視，詢問酒商之子：

「我再問一次，老闆，你意下如何？」

「母親允許了。」酒商之子面露苦笑。「我沒意見。」

「那就決定了。」

哥布林殺手點頭，接著立刻在腦中制定計畫。

大家都在。口袋裡有計策。他深深感覺到這有多麼可貴。

「要打掉哪面牆、留哪面牆，交給你判斷。弄得方便通行一點。」

「好喔。但我剛才也說過，人手不足。」

有的就一個鐵砧，礦人道士語帶諷刺地說。妖精弓手掄起拳頭大罵：「怎樣啦！」

一如往常的鬥嘴，感覺也很久沒聽見了。

女神官還在思考該如何勸架，哥布林殺手則點了下頭：

「想跟你借還留著的傭人、建材及工具。費用可從報酬裡扣。」

「知道了。人數雖然不多，他們都是願意留下的人。十分可靠。」

酒商之子那些許的自虐語氣中透露出驕傲，斬釘截鐵地斷言——然後笑了。

「請好好使喚包含我在內的人。你是專家對吧？」

「恐怕是。」

哥布林殺手點頭。小鬼殺手。他被人這樣稱呼，也已經過了五年、六年、七年了吧。

他花在剿滅小鬼上的時間，是一般人無可比擬的。

雖然師父罵過他又笨又蠢運氣又差，給我不停思考、行動。

「那麼，把看見小鬼足跡的人找來。我也想親眼確認。」

「好。我立刻召他來。」

之後經過一番溝通，哥布林殺手開始行動。

妖精弓手、蜥蜴僧侶、礦人道士、女神官，都在為達成自己的任務而賣力。

時間短、人手少、敵人多，該守護的東西也很多，而且不能輸。

條件差勁。但，哥布林殺手冷靜思考著。

一直以來都是如此，不是嗎？

§

女僕四處奔波，男傭跑來跑去。

廚師、農奴亦然，留下來的人不分職業、不分上下關係，都在拚命履行職責。

工具聲於空蕩蕩的屋內迴盪，彷彿稍微增添了一些活力。

若不去思考原因，對這個家來說應該是值得高興的事。

「這就是咱說的腳印。」

為哥布林殺手帶路的是一名年邁家丁，拿生鏽的長槍代替拐杖。

他說「咱被那群惡魔的魔法擊中」，敲敲用木頭做的義肢，長滿皺紋的臉浮現笑容。

「老爺和夫人還願意給咱工作做。不報恩枉為男人啊。」

「是嗎。」

哥布林殺手簡短回應，蹲在年邁傭人指向的地面上。

位置是宅邸前的葡萄園，從樹木間延伸而出的道路末端。

矮木枝葉像蓋子般罩在頭上，投射出黑影，但他依然看得見那可恨的足跡。

隔著鐵盔面罩，他計算著小鬼的足跡數量，忽然想起兩年前的春天。

沒有當時那麼多。

「腳印每天都有嗎。」

「不，只有剛開始。立稻草人後，小鬼就沒再靠近。」

「但，你建議找冒險者來。」

「那當然。」

年邁傭人用力繃緊往日想必十分精悍的面容。

「那是小鬼的探子。那些傢伙覺得遭到妨礙，火大了，最後還是會殺過來。」

「對。」

——他說得沒錯。

對小鬼而言，其他人被自己侵略搶奪，可謂理所當然。

一旦有人妨礙，他們勢必會覺得這些人未免太囂張，擅自燃起怒火。

也就是說，跟他一開始預料的一樣，哥布林確定會來襲。毫無改變。

問題在於——那些稻草人。

哥布林殺手起身，站在開始西斜的陽光彼側，望向稻草人。

手持武器，穿戴鐵盔及鎧甲，瞪著小鬼與害鳥，稻草做成的勇者。

小鬼在黑暗中也看得見，距離一拉近，八成會發現那其實是稻草人，不過，他們的視力有多好？

假如只是遠遠看過來——會不會以為他們開始配置大軍了？

——沒消除腳印，表示包含頭目在內都是哥布林，不過。

若是混沌軍勢的先鋒部隊，肯定有接受援助。

必須假設他們八成會有動作，做好準備。

「……我還想看看河川。」

「好。從後門出去，走下河堤，前面就是河了。」

「河堤？」

「該說是堤防吧。這裡是好幾代前的領主，沿河川堆起來的土石上面。」

是嗎。哥布林殺手點頭，隨即開始移動。

他穿過林木間，從天而降的陽光帶了點紅色，像血雨似的照在身上。

哼。他悶哼一聲，從雜物袋中取出在馬車裡裝好的袋子。

「這是我準備的東西。能麻煩你在所有農道，大約中間區域各設置一個嗎。」

他將東西遞給傭人後，思考片刻，補充道「找其他人也可以」。

「放心，這點小事咱一個人就做得來。交給咱吧。」

老人咧嘴一笑，拎著袋子輕快地邁步而出。

然而過沒多久，「對咧」他停下腳步問：

「那些稻草人要怎麼處理？清掉麼？」

「不。」哥布林殺手想了一下，搖搖頭。「留著。」

「明白。」

哥布林殺手目送老人離開後，轉過頭。

到頭來——從整個四方世界的角度來看，這僅僅是場微不足道的戰役。

圍繞連棋盤上的一格都不到的領域而展開的，無關緊要的小糾紛。

敵方是混沌的先鋒部隊，我方則是平凡的冒險者。

天上的棋手，恐怕正在為更加重大的意圖擲骰。

無論他們是輸是贏，都是只能讓天秤產生些微晃動的小事。

「——管他的。」

那又有什麼問題？哥布林殺手完全想不通。

§

「辛、辛苦了！」

女神官一面不停說道，一面在屋內來回奔走。

她不懂木工，也不擅長做粗活。

要戒備周遭的話，交給妖精弓手即可，至於房子的事，傭人比她更瞭解。

既然如此，她要做的只有一件事。

她用擦手巾綁起頭髮，穿上圍裙，把手洗淨，拿著菜刀站在廚房。

畢竟準備可以讓許多人享用的料理，是她在寺院時就一直做的事。

燉菜之類的料理，不用想就知道不適合在工作時停下來吃。

幸好有許多食材。應該足夠餵飽現在在這棟房子裡的人。

——這樣的話。

她拿乾麵包代替盤子，放滿剩下的食材，夾起來，切成好幾塊。

三明治並非貴族或商人會吃的食物，不曉得合不合他們胃口，可是——

「可是，這是最適合在工作途中吃的東西……！」

她向在一旁幫忙的女侍們低頭道謝，單手提著一個個籃子分配三明治。

無論何時，無論是誰，都有能做的事。

此時此刻，女神官只想得到這個，也確實是這樣沒錯。

幫忙搬運木材的蜥蜴僧侶樂得轉動眼珠子，一口吞掉夾了起司的三明治。

在屋頂上的妖精弓手輕盈地跳下來，說著「謝謝」接過三明治，然後又爬了回去。

傭人們、其他女侍、行動不便的老人，也都對她表達謝意。

她非常高興。光是有所貢獻，就能激勵自己。

她一下跑到那邊的房間，一下跑到這邊的房間，最後抵達的是——最深處的房間。

她屏住氣息。深呼吸。平坦的胸部上下起伏，吐出空氣，敲門。

「進來。」

凜然的嗓音傳來，女神官說了句「打、打擾了」，推開門。

裡面的書架，擺滿她這輩子從來沒看過的大量書籍。

該稱之為書齋吧。

女神官像被震懾住似的，環視周遭，靜靜踏入房間。

酒商之子坐在大書桌前振筆疾書，老婦人則坐在椅子上看書。

女神官逐漸接近，老婦人視線甚至沒有從書頁上移開，語氣尖銳地說：

「噢，愛賭博的貴族喜歡吃的那個嗎。」

「母親……」

酒商之子擱筆。

他起身走向女神官，對她道謝。

「謝謝妳。我們也得和諸多事務戰鬥，得對補給物資心懷謝意才行。」

這句話同時也是在勸告他的母親吧。「我當然明白」老婦人不悅地回答：

「那個貴族很勤快，從來沒去享樂過。這應該很適合在工作時吃吧。」

女神官想了一下該說什麼，最後只回道「是的」。

她不想淪為無恥之徒，故意去指出自尊心高的人想掩飾的感情。

「我們這邊目前一切順利。不好意思，可能會有點吵……」

「戰事在即，這也沒辦法。」

酒商之子從籃子裡取出三明治，邊吃邊笑著說「噢，真美味」。

這行為雖然有點粗俗，卻不會讓人反感，看起來莫名適合他。

「不過……你剛說戰鬥、嗎？」

女神官歪過頭，「是指之後的事。」酒商之子解釋。

「以防萬一先寫好的遺書。倖存下來時該採用的戰略。戰鬥前也有許多該做的事。」

畢竟傾盡全力後若能取勝自然最好，但因此力竭而亡就本末倒置了。

之後、更之後，非得考慮之後的事情再行動，等同於商人的習性。

「哎呀，這真的很美味……母親要不要也嘗嘗？」

「因為戰勝和生存兩者並無直接關係……辛苦了。」

老婦人始終沒有在女神官面前拿起三明治，但她在最後慰勞了她。

女神官笑著回應「不，怎麼會呢！」彬彬有禮地低下頭，離開房間。

房門關上，她站在走廊喘了口氣。

每個人，無論是誰，都在做自己做得到的事。

她自己也一樣，他們也一樣。理所當然地做著理所當然的事。

儘管她才剛得出答案，現在的她忍不住想笑，自己之前在為多麼無聊的事煩惱啊。

——等哥布林殺手先生巡視完屋外，也帶去給他吃吧。

她邊想邊跑，轉眼間太陽就下山了，夜晚降臨。

然後，那一刻到來了。

§

雙月及繁星俯視著的地平線另一端，傳出毛骨悚然的隆隆鼓聲。

想必正在逼近的黑影也躲在葡萄矮樹後面，從宅邸二樓看不見。

妖精弓手單腳踩在拆掉窗框做出的垛孔上，晃動長耳。

「數量挺多的。只有哥布林——的樣子，武器碰撞聲好吵。」

「如我所料。」

「真希望你沒料中。」

「是啊。」

妖精弓手拿起長弓，哥布林殺手輕拍她的肩膀，俐落地往旁邊移動。

卸除牆壁的屋子便於通行，拆掉的建材也都集中在一個地方，避免妨礙行動。

下達這些指示的，是同樣蹲在垛孔前的礦人道士。

他大口喝酒，用指尖擦掉沾到鬍鬚的酒，跟平常一樣頂著一張紅通通的臉露出笑容。

「嘿，嚙切丸。你也要小心別出錯啊。」

「麻煩開戰就配合我。時機交給你決定。」

「行。咱們都認識兩年了。」

對凡人而言的兩年。對礦人而言的兩年。對森人、蜥蜴人而言的兩年。

哥布林殺手不知道其中有多少差距。

他一語不發，礦人道士哈哈大笑。哥布林殺手被他的笑聲送出房間。

隔開每間房間及走廊的門，如今也拆掉了，靠在牆上。

緊要關頭時，應該還能躲到後面避開箭矢。以臨時盾牌來說還算不錯。

傭人們拿著雜七雜八的武器，面色緊繃，站在放在走廊上的門旁邊。

說是武器，除了從倉庫裡翻出來的劍和長槍，他們手握的僅僅是投石索和狩獵用小弓。

要是發展成他們得打白刃戰的事態，一切就結束了——該仰賴的反而是射擊吧。

剛才那名老兵也在這群傭人中，哥布林殺手輕輕向他點頭。

「如何。」

「照你說的放好了。放心吧！」

「找些人看守河川，以防萬一。」

「以前也是這麼做的。咱早就習慣囉。」

他那輕鬆的態度，很符合兵卒的身分。老兵輕快地靠到垛孔前，緊盯著河川的方向。

哥布林殺手掃了包括他在內的傭人一眼，迅速衝下樓。

——親眼見證、事先確認，是非常重要的。

這是老師教他的，還是他在冒險途中學到的，抑或是重戰士告訴他的？

身為團隊的頭目（Leader）或軍隊的指揮官，必須思考該如何讓同伴安心。

因此不能慌張、不能著急。不能膽怯。不能興奮。

他從來沒有這麼感謝這頂鐵盔過。

自己是否有表現得臨危不亂，他非常沒自信。

在女神官眼中，自己看起來是什麼模樣？其他夥伴又如何？

櫃檯小姐說過，因為他是銀等級冒險者。銀等級冒險者又是什麼？

——不過，我是哥布林殺手。

他一面想著掛在脖子上搖晃的識別牌，一面簡短定義自己。

既然如此，這就是剿滅哥布林。照那樣做就對了。他很擅長。

「哥布林殺手先生！」

下到玄關時，迎接他的是女神官從廚房跑出來的腳步聲。

她把脫下來的圍裙掛在旁邊，解開拿來綁頭髮的擦手巾，戴好帽子，握緊錫杖。

「我知道。」他點頭。動作一如往常。「準備好了嗎。」

「是！」

女神官開朗活潑地回應，跟前幾天判若兩人。

即將和小鬼交戰的緊張感當然還是看得出來，但給人的感覺完全不同。

——真拿她沒辦法。

「……？怎麼了嗎？」

「沒事。」

哥布林殺手搖了下頭，走向大門。

「記得流程吧？」

「是的，沒問題！」

「那就好。」

宅邸內的門和窗框都拆了，只有這扇大門還留著。

假設這棟房子是分城，這裡就是城門。緊要關頭時，可能會插上門閂。

蜥蜴僧侶抱著胳膊，在做為關鍵防線的樫木門旁邊等待，一副滿心期待的樣子。

「那麼，小鬼殺手兄。面對這場大戰，先要投多少兵力？」

「人手不足，但我想把法術留著。」

「明白，明白。」

蜥蜴僧侶上下搖動長脖子，彎曲雙手的鉤爪，放鬆身體。

仔細一想，最近要不是上雪山，就是與亡者交戰，他還沒在平地大開殺戒過。

哥布林殺手並不清楚，這對蜥蜴人來說有多麼痛苦就是了。

「你怎麼看？」

重點在於，這名巨漢是團隊中最擅長軍略的。

只要明白這一點，用不著身分證明，也足以將性命交付於他。

「這個嘛。」蜥蜴僧侶轉動眼珠子。「若一切照計畫進行，戰況當與平常無異。」

「是嗎。」

「然而，戰場上總會發生出人意料之事……」

蜥蜴僧侶用頗有老兵風範的冷靜嚴肅聲音說道，以奇怪的手勢對兩人合掌。

「比起殺敵，請兩位以生還為重。如此一來自然能立下戰果。」

女神官回答「是」。聲音比想像中還緊張，令她紅著臉摀住嘴。

「雖然很難。」哥布林殺手咕噥道。「我沒打算放他們活著回去。」

接著，他朝櫟木門伸出雙手。大門發出摩擦地面的聲響，隆重地敞開。

到頭來，跟潛入洞窟一樣。跟迎擊襲擊村莊的小鬼一樣。

事到如今他才發現，原來如此，確實如礦人道士所說，他拖得還真久。

自己做不來的部分，他交給其他人處理（Run）了。

實在很不符合冒險者的作風。也不像流浪者（Rogue）。

他覺得他很清楚自己是什麼人。

之前鋪的路，就是為了讓狀況發展至此。

既然這樣，要做的事只有一件。根本不必確認。

然而，哥布林殺手還是明確地說出口。

雙月照亮的暮色中，他的話語如同一把短劍，猛然射出。
彷彿吹過地底、谷底的冷風。
「哥布林，就該殺光。」

§

「GOORUGGOORG！」
「GOORUB！GBBOORGBB！」
他們又瘦又飢渴。
他們深信只有這塊土地，能滿足宛如疾病的飢餓感。
因為住在這裡的人，違背了跟他們的契約。那些愛擺架子的傢伙是這麼說的。
所以就算被打、被折磨、被蹂躪、被殺、被侵犯，他們也沒資格抱怨。
不管他們怎麼哭怎麼道歉，都不需要原諒，如果出了人命，代表他們不夠耐操。
耍那些小手段，讓稻草人拿著槍站在那裡，實在太過愚蠢。
「GBOOGGB！」
「GOGB！」

哥布林們尖聲嘲笑，踹倒立在葡萄園入口的稻草人。

他們對它吐口水，將稻草人拔出來扔在地上，跳到上面踐踏。

對了。等等抓到人就把他們串起來，跟這東西一樣立在森林入口。

如此一來，凡人也會知道這些葡萄樹和所有的東西，都屬於哥布林吧。

那些人好像以為這一帶的葡萄樹是自己的，這怎麼行！

「GOROOGBB！GOBR……？」

一隻腦袋裝滿無謂妄想的小鬼，身體晃了一下。

他有種天旋地轉的感覺，走路搖搖晃晃，直接昏倒。

四方世界當然沒有變化，是小鬼自己站不穩，倒在地上。

因此，那隻哥布林沒發現周圍的同伴也一個個倒下。

然後在不知不覺間，腦髓被遠方射來的箭刺中，恍惚地結束一生。

不痛也不難受，對哥布林而言，是非常幸運的死法。

至少描繪出異樣軌道靜靜射中目標的箭雨，可以說慈悲為懷。

然而，對於在遠處旁觀的哥布林來說，就不是這樣了。

「GOROGB!?」

「GGBB!?」

——是魔法！是魔法！

哥布林立刻騷動起來，覺得「那群人怎麼這麼卑鄙」，完全忘了自己是什麼德行。

被煙霧籠罩，被箭雨射中，哥布林們驚慌失措，退出那條道路。

沒什麼。是被幹掉的傢伙自己太笨。只要走別條路——

「GOR!?GOOGB!?」

可是，如此心想的哥布林們眼前，是接連在路上擴散開來的煙。

到處都是魔法煙霧。但他們學乖了。別被煙霧困住就好。

「GOOROGB！」

「GRRB！OOBOGRR！」

哥布林拿著棍棒、斧頭等武器，湧向無煙的那條道路。

絕不原諒這麼垃圾的人。

要打碎他全身的骨頭，抓住他的頭髮，把那人拖在地上，拿長槍從屁股刺穿他示眾。

哥布林們氣得不得了。

小小的腦袋裡裝的只有憤怒及憎惡，也就是說，一如往常。

因此，一切都一如往常——剿滅哥布林的過程照常進行著。

§

「真是，歐爾克博格真會動歪腦筋。」

妖精弓手從二樓的垛孔不停射出綁著火種的箭，碎碎念道。

她晃動長耳，偵測風向，乘著氣流射出的箭矢，精準命中田間小徑的末端。

憑上森人（High Elf）的眼力，輕而易舉就能看見那裡冒出短短一截的導火線。

「我照你說的點燃它了。那個煙是什麼？」

「聽說是混合乾燥的狼糞、硫磺、草木灰、松葉、稻草做成的煙霧彈。」

礦人道士在傻眼的妖精弓手旁邊大口喝酒，一邊回答。

委託人可是酒行的老闆，願意提供所有物資。

先不論施法的力氣，現在完全不愁沒有可以當成觸媒的酒，只要有酒，礦人就是無敵的。

礦人道士意氣風發地呼喚四方精靈，確立自身的法術。

「『喝吧歌唱吧酒的精靈（Spirit），讓人作個唱歌跳舞睡覺喝酒的好夢吧』。」

他使用的「酩酊（Drunk）」，化為真正意義上的戰爭迷霧（註4）迷惑小鬼。

意識會在踏進田間小徑的瞬間變得模糊，一旦倒地，就輪到妖精弓手的箭雨伺候。

急忙逃出來的小鬼左顧右盼，發現其他道路也在冒出煙霧，選項有限。

要衝進剩下的道路，還是夾著尾巴逃走，大部分的小鬼都會選擇前者。

畢竟——他們又沒直接受害，也還不覺得自己會死。

「哥布林的腦袋，無法分辨我的法術和煙幕有何差別。」

「那不就代表歐爾克博格的煙霧彈跟你的法術同等級？」

「就當成妳在誇獎我唄。」

礦人道士百無聊賴地哼了一聲，妖精弓手說道「我是在挖苦你」，射出箭矢。

「據嚙切丸所言，他們在黑暗中看得見，卻看不穿熱煙。」

「我是跟他講過別用火攻啦……」

連妖精弓手都看不穿煙霧。

不過，高度熟練的技術（Skill）與魔法（Spell）是很難區分的。

對她而言，只要感應得到氣息，避著眼睛都射得中目標。

註4 Fog of War，指遊戲地圖上，因情報不明而被黑幕遮蓋住的區域。

她憑手感得知，咻一聲撕裂黑暗的箭頭射中了遠方的小鬼。

妖精弓手笑著不停從箭筒抽出箭，毫不客氣地架在弓上，拉緊弓弦。

不知為何，她的樹芽箭多到綁成好幾束，放在腳邊。

怎麼用都用不完，妖精弓手似乎非常高興。

「哼哼，這次箭要多少有多少。可以射個盡興，真爽快！」

「喂，鐵砧。」

礦人道士對她投以懷疑的目光，妖精弓手不服地噘起嘴。

「幹麼啦。」

「這麼多的箭，妳從哪弄來的？」

「與其說弄來的，我只是拜託了一下附近的孩子呀。喏。」

她從垛孔裡伸出手，吟誦只有上森人知道的古老言語。

窗戶旁邊的樹枝輕輕一顫，彷彿很舒服的樣子，朝她伸過去。

伸長的樹枝瞬間冒出又硬又銳利的樹芽，結出如假包換的箭矢。

妖精弓手輕聲道謝，拔下樹枝做成的樹芽箭，架在弓上。

「看？」

「噢…………」

礦人道士感慨地深深嘆息，講出鮮少對她說的話。

「妳只有這種時候會派上用場。」

「沒禮貌！我無論何時都很有用！」

妖精弓手驕傲地豎起長耳，釋放弓弦上的三枝箭。

§

「殺了幾隻？」

「剛才那是第三隻吶。」

剩下那條道路前面，有哥布林殺手一行人在等待小鬼。

他們腳邊放著好幾盞燈籠，女神官蹲在一旁。

她喀喀喀地用金屬敲擊打火石，迸出火花，過沒多久，燈籠就亮了起來。

「準備好了。」

「好。」

女神官抬起頭，雙手緊握錫杖，開始戒備。

她神情緊張，卻擁有勾起嘴角、露出笑容的堅強心靈。

兩年前的春天，初遇她的時候又是如何？哥布林殺手心想，搖搖頭。

他曾因為她的表現而撿回一條命。從那個時候開始，這名纖瘦的少女就是可靠的存在。

女神官大概是感覺到了鐵盔後的視線，眼神因困惑而游移不定。

「那、那個……？」

「沒什麼。」哥布林殺手回答。「照計畫行事。」

「交、交給我……吧！」

女神官拚命點頭，已用不著對她下達瑣碎的指示。

「哈哈哈。是時候剝掉蛋殼了吧？」

蜥蜴僧侶見狀，愉悅地轉動眼珠子。哥布林殺手簡短回答「或許」。

「但，麻煩直接掩護我。一個人忙不過來。」

「明白，明白。畢竟靈長類大多僅生四肢，一半做臂已是行情。」

忙不過來，借他人之手便是。蜥蜴僧侶說道，巨大的身軀擺好架勢。

「貧僧一族則有爪、爪、牙、尾，足以攻擊四次，戰時可無後顧之憂。」

儘管不明白蜥蜴人的思考模式，他們的力量已無須多言。

哥布林殺手點頭，在自己的崗位擺好架勢。

不久後，數道雜亂無章的腳步聲逐漸逼近。

就算是小鬼，每隻的走路速度多少會有差異。

帶頭的必然是走得快、思慮不周的小鬼，而非勇敢的小鬼。

其他小鬼因為不想被他們超前，導致搶來的東西遭獨占，才會追在後面。

因此，帶頭的小鬼看中了獵物。站在那個塊頭大得莫名其妙的傢伙旁邊的小丫頭。

仔細一聞，還有其他年輕女性的味道。甚至參雜著森人的香味。

「GOROOGOBB！」

哥布林面容扭曲，露出下流的笑容，不曉得這句話是什麼意思。

是「這是我的東西」、「有女人」，還是「大家跟上」，抑或只是單純的吶喊聲？

無論如何，結果都不會改變。

哥布林覺得自己有辦法巧妙地避開那名蜥蜴人，將小丫頭納入囊中，向前飛奔。

後面跟著數隻哥布林，更後面又有好幾隻。

怎麼能落後。哪能讓前面的傢伙獨占獵物。統統是我的。

──瞬間，哥布林殺手從旁衝來。

「GROG!?」

直覺敏銳的哥布林立刻面向他，隨後看見在黑暗中緊逼而來的那號人物。

廉價的鐵盔與骯髒的皮甲。拿著不長不短的劍，手上綁著一面小圓盾，怪模怪樣的冒險者。

「GOROOGB————」

「一……！」

哥布林殺手扔出去的劍，將小鬼張大的嘴巴連同舌頭貫穿。

小鬼向後仰去。哥布林殺手撞上斷氣的屍體，在屍體飛出去的同時抓住劍，拔出。

接著直接揮下——

「二！」

「GGBB!?」

刺中一隻從左側接近的小鬼。貫穿延髓，扭動劍刃。

他舉起盾牌毆打吐著血沫的小鬼，撿起從小鬼手中掉下來的斧頭。

「三！」

「GOOBOG!?」

然後順勢從下巴處往上砍，把哥布林的臉削下來。

哥布林殺手用盾牌擋住噴出來的腦漿及鮮血，退後一步。

——武器的品質果然不錯。

他甩掉斧頭上的血，自言自語。

但還要加上一句「以哥布林來說」。儘管如此，他們肯定是混沌的軍勢。

——很好。

敵人會自己送武器過來。除了麻煩以外，還有什麼問題？

他拖著步伐尋找適當的位置，準備迎接下一批敵人。

「GOOROG！」

「GOBOR！GOOGOOBRBG！」

當然，哥布林也不會將所有的兵力，投入在這名寒酸的冒險者身上。

不如說，對他們而言他只是阻礙，目標是那個小丫頭。

「喔喔，我等血脈相連的父祖啊！還請明鑒子孫的戰鬥！」

也就是說，他們的大腦沒有立刻想到前方還有另一個阻礙。

小鬼被甩過來的尾巴掃出去，摔在地上後遭到腳爪踩躪。

哥布林連哀號的時間都沒有，就被鉤爪撕裂，牙齒將如同破布的身體咬碎。

還沒搞清楚狀況，就先死了一隻。哥布林被可畏的龍之末裔屠殺。

「哎呀，貧僧也越來越接近父祖的領域了！只差一個吐息——噢。」

其中一隻哥布林立刻耍起小聰明，拿愚蠢同胞的屍體當墊腳石撲過來。

手中的短劍發出詭異的光，顯然帶著邪毒。

「唔，毒刃！」

「GOROGB!?」

然而，身在此處的是以化龍為目標的蜥蜴人高位武僧。

鱗片輕易彈開朝他刺來的刀刃，利牙咬碎得意洋洋的小鬼頭部。

發出肉與骨頭被咬爛的怪聲。

蜥蜴僧侶並未咀嚼，吐出肉塊，將仍在抽搐的小鬼身體砸在地上。

「哎呀，驚險驚險。神官小姐尚未獲賜解毒神蹟對吧？」

「這、這個……」

經歷一場激戰，蜥蜴僧侶依然若無其事，女神官面露苦笑。

過去不好的回憶，在長鱗片的種族的豪傑面前毫無意義。

雖然她早已習慣驚慌失措，因而覺得自己也沒好到哪去。

「我想之後神就會授予我了！」

「嗯，就是這股氣勢。放心，只要跨越難關，自會開闢出道路……！」

話雖如此，就算他是高階的神職好了，真的該學習他嗎？

女神官驅散突然浮現腦海的雜念，調整呼吸，讓情緒逐漸高亢起來。

祈禱時要心平氣和，但想將祈禱傳達至上天，必須把靈魂連接在一起。

為了集中精神，她像要尋求依靠般，雙手滑過錫杖。

哥布林的事、蜥蜴僧侶的事，以及哥布林殺手的事，如今都在遙遠的地方。

世界、自己、眾神。她聽見骰子滾動的聲音。吸氣，吐氣。

接著在萬物和自己融為一體，界線變得模糊不清時——

「『慈悲為懷的地母神呀，請以您的大地之力，保護脆弱的我等』！」

哥布林的退路突然被截斷，彷彿神蹟顯現。

「GOORGG!?」

「GOOBROOGOOB！」

哥布林——尤其是留在障壁另一側的哥布林，八成無法理解。

想著千萬不能落後，衝上前，眼前卻突然出現一道光之牆擋住去路。

小鬼們整個身體衝向障壁，用力撞上鼻子，大聲唾罵。

但他們絲毫沒有要去搞清楚狀況的意思，跑在前頭的那些哥布林，則陷入更加致命的危機。

「四……！」

「GBROGB!?」

哥布林殺手擲出手斧，砸爛小鬼的腦袋，衝向前方。

然後就這樣舉著盾牌撞上去，將武器及鎧甲的重量壓在下一隻獵物身上。

「GBBG!?」

「這樣就，五！」

他搶走小鬼手中的短劍，用那把劍刺進喉嚨，給予最後一擊。

拔出劍，起身，一口氣將劍扔向背後。

「GOOBGR!?」

「六——怎麼樣!?」

混戰狀態下，自然會有幾隻漏網之魚。

從哥布林殺手身旁跑過去的小鬼們，對上後面的蜥蜴僧侶。

「咿咿咿咿咿咿咿咿咿呀啊啊啊啊啊啊！」

回答這個問題的，是勇猛的原初怪鳥聲。

蜥蜴僧侶化為凶暴的父祖，等同於可畏的龍之化身的存在，盡情揮動四肢。

俐落地將遭到波及的小鬼撕裂的模樣，儼然是古老的名劍。

「我……認為，沒問題！」

拚命獻上祈禱的女神官，代替他說出這句意義重大的話語。

手拿錫杖，向天上祈禱的她，很明白自己是作戰關鍵。

哥布林殺手確認她平安無事，點了下頭。

「動手！」

他從喉嚨插著短劍的小鬼屍體上搶走劍，在頭上轉了一圈。

緊接著，某人的指哨聲響起，一粒粒碎石從宅邸扔過來。

碎石越過聖壁（Protection），飛向另一側的哥布林，砸得他們哀聲連連。

應該會死個幾隻。但不會全死。無妨。這是用來牽制敵人的。

傭人們本來就沒有戰鬥經驗。讓他們在混戰中扔石頭，萬一砸中我方就糟了。

不過——凡人是四方世界遠投力最為優秀的種族之一。

只要拿聖壁當基準線，叫他們把石頭扔到對面，就會立刻變得足以構成威脅。

——剛才的指哨，不曉得有沒有吹好。

女神官心想「不行不行」，將閃過腦海的雜念驅逐出去。

制定作戰計畫時，本來是妖精弓手想接下這個任務。

爭取時間，擾亂敵軍，趁這段期間——

「七、八——九！」

「GGOOROOGB!?」

先行殺過來的小鬼們，盡數在兩位冒險者手下結束生命。

多於十，少於二十。哥布林殺手氣勢洶洶地站在屍骸上。

他知道該做哪些事。他用小鬼的纏腰布，擦掉弄髒劍刃的哥布林血脂。

調整呼吸。檢查傷勢。沒問題。可是，沒時間休息。

「牆壁！」

「是！」

女神官立刻回應，同時中斷聖壁的祈禱，讓意識回歸現實。

透明化的光牆融進空中，如同夜晚的冰到了白天便會消融。

「GOOGOB！」

「GBBG！GOOROGB！」

瞬間湧上的哥布林們，果然只看得見眼前的事物。

被碎石妨礙。牆壁消失了。同伴被殺了。

就是現在，衝。宰了那些傢伙。女人就侵犯後再殺掉。以牙還牙。

腦中只有這個念頭。不管他們覺得自己想的事有多麼高尚。

——沒錯，陷入致命危機的，是衝到門前的哥布林。

哥布林最大的力量，在於數量。

「『慈悲為懷的地母神呀，請以您的大地之力，保護脆弱的我等』！」

只要靠第二次的祈禱阻擋援軍，等於失去了這股力量。

「喔喔……！」

哥布林殺手殺進蜂擁而至的小鬼群中。

藉由稻草人吸引注意力，絆住小鬼，再用「酩酊」及煙幕分散他們。

之後再把衝過來無路可逃的小鬼殺光，引來下一波小鬼即可。

不過，女神官總共能用三次法術。以防萬一，這個戰術最多只能用兩次。

雖然還有礦人道士的「靈壁(Spirit Wall)」能用——……

——土精靈的力量，好像也是田地的力量。

和火攻有點類似——考慮到這一點，便覺得不能強求。

但用了兩次，大部分的哥布林都解決掉了。

連新手冒險者都知道，數量不多的哥布林不足為懼。

——問題在於量太多。既然如此，分散他們，單獨對付就行。

這是礦人道士教他的知識，平凡無奇，一直以來都在做的事。

敵人並非大軍，而是直直衝進**洞窟**的小鬼。

小鬼殺手(Goblin Slayer)哪有會輸的道理？

——沒發生意外的話。

沒錯，沒發生意外的話。

打破哥布林殺手這個想法的，是從宅邸傳出的哨聲。

意思只有一個。

——河川。

§

「糟、糕了……！」

吹響哨子，小碎步衝進房間的老兵，喘著氣大叫。

在他現身前，妖精弓手就已經豎起長耳站了起來。

「河川那邊對不對!?」

「對，有船正從南方——河川上游駛向這！好幾艘……咱看不清楚！」

聽見這句話的瞬間，她抓住大弓，化為一陣有顏色的風飛奔而出。

上森人只要使出全力，便能發揮出凡人的眼睛捕捉不了的速度。

由靜到動的速度並不尋常。因為上森人第一步就能達到最高速。

因此，礦人道士咚咚咚地追上時，她已經在從後門的窗戶瞪著遠方。

「怎麼樣？」

「哥布林。雖然只是槳手看起來是。」

「小鬼艦隊（Goblin Fleet）嗎？真是，妳的故鄉在幹麼啊。」

「關我什麼事，河川可不在我們的管轄範圍內！」

兩人一如往常，吵個不停，其中蘊含緊迫感，卻沒有緊張感。

沒什麼好驚訝的。想到之前在水之都的戰鬥，小鬼確實會乘船。

不曉得是從什麼時候開始，哥布林們竊取了騎乘的祕密。

先不論技術如何，他們會騎以惡魔犬——狼、蜘蛛為首的生物。

因此問題並不在於哥布林搭乘了交通工具，而是老樣子，他們的數量。

妖精弓手的眼睛如同老鷹，眺望遠方，看清在夜晚漆黑的河川上航行的邪惡。

數量是——二，不對，三艘船。

「嘖，就只有數量多……！」

與此同時，妖精弓手拔出三支樹芽箭，拉緊弓弦，輕鬆地射出。

三枝箭彷彿擁有自己的意志，分別在空出劃出巨大的弧線。

礦人道士看不見它們的落點。能在黑暗中視物和能看見遠方是兩回事。

「中了嗎？」

「不用問也知道吧。」

妖精弓手不耐煩地哼了聲，接連射出箭矢。

那些箭盡皆如同劃過夜空的白色流星，留下些微的閃光，消失於黑暗中。

有多少枝箭——能一次貫穿複數獵物的曲射箭則會有更多——就會有多少具小鬼屍體吧。

「可是，這樣下去也不是辦法。」

妖精弓手卻喃喃說道，從箭筒抽出箭，拉緊弓弦。

「槳手雖然全部解決掉了，船還是會順流而下。要是他們躲進船內，我們也沒辦法出手。」

「不能一箭沉了那艘船？」

「不好意思喔，我的箭比哥哥無力！」

「那位小哥居然做得到啊」礦人道士的嘟囔聲，被豎琴般的撥弦聲蓋過。

藉由河川蕩起水波的噗通聲，這次礦人道士也知道戰果如何。

——這個鐵砧技術確實了得。

儘管不喜歡上森人高傲的態度，連礦人都不得不承認這個事實。

既然如此，他也該把自己的工作做好。把事情全丟給森人，有辱礦人之名。

「那我用法術改變河川流向吧。」

「嗯。可以的話，我很想試著殺進去，不過白刃戰有點可怕……呢！」

在話說完的瞬間射出的箭，再度消滅一隻遠方的哥布林。

「因為那些傢伙就只有數量多可取，超討厭——」

妖精弓手忽然閉上嘴巴。

正準備問她「怎麼啦」的礦人道士，也因她凝重的表情陷入沉默。

妖精弓手微微抖動長耳，神情依然緊繃，嚴肅地說：

「……有東西要來了。很大——而且，很快……這是什麼？」

「是妳沒聽過的聲音？」

「類似的倒聽過。」妖精弓手咕噥道，皺起眉頭。「不過，這是……！」

這時傳來一陣彷彿地面被撕裂的巨響，甚至連宅邸裡的人都聽得見。

宛如從遠方襲捲而來的雷霆或閃電——但來源不是天空，而是經由地面逼近的某種生物。

沒錯，哥布林的力量在於數量，以及狡猾的個性。

河裡有船。那麼，陸地不可能沒有任何動作。

「——糟糕。」

在場三人中，唯一認得那個聲音的老兵，板起臉呻吟著。

那是他在戰場上聽過無數次的聲響。

從後方傳來會令人心安，從前方傳來則會令人雙腿顫抖、不知所措。

希望不會有機會再聽見的聲音。

「是戰車（Chariot）……！」

§

——那個東西，儼然是怪異的戰鬥機器（War Machine）。

「啊！」

事情發生在第二道「聖壁」消失，引來第三波哥布林的時候。

濺起泥土衝過來的巨影，伴隨閃電般的聲音出現，令女神官尖叫出聲。

「唔……！」

「情況不妙……！」

兩位歷戰的冒險者分別用盾牌及鱗片擋開碎石，彎下腰穩住身子。

「GBBORB!?」

「GORG!?」

哥布林們慘叫著在他們面前被車輪輾過，淪為絞肉。

暗紅色的血肉噴向四方，為冒險者刻下的殺戮痕跡添上新的色彩。

散發臭味的內臟無疑是屬於死者的，還帶有餘溫，甚至在冒出白煙。

沒錯，那是用來殺戮的——粗糙且暴力的兵器。

「GOORGB！GGOOOROGOB！」

紅月照亮的那臺機器上，哥布林頭目得意地笑著。
他駕馭的那輛戰車，原型似乎是前後顛倒的貨車之類的交通工具。
貨架上載著盾牌、長槍、矛、投石機等各種駭人的武器。
無數隻哥布林握著橫桿在地上奔跑，像手推車一樣推動戰車前進。
「GOOROGOOROG！」
若要為其命名，該稱之為小鬼戰車（Goblin Battle Wagon）吧。
疑似憑藉混沌勢力提供的技術（Technical）支援製成的可怕兵器，露出利牙。
「散開！」
哥布林殺手的指示和戰車的突擊，究竟何者較為迅速？
「GOOROGB!?」
「GRGB!?」
戰車濺起葡萄園柔軟的土壤突進，又捲入了幾隻小鬼。
被車輪輾死，或是被槍尖貫穿，已經算比較好的死法了吧。
更悲慘的是被撞飛的。因為在落地前的數秒間，死亡的恐怖會折磨他們。
「GGBBRG!?GOOROGGB!?」
哥布林拚命甩動四肢，試圖在空中游泳，做著徒勞的努力。
下一刻，那隻小鬼摔在地上，發出果實砸爛的聲音。

四肢扭曲成違反自然法則的角度，不停抽搐的那條生命，在旋轉的車輪底下結束一生。

「GGOROGB！GGRRROGOBBGORGB！」

小鬼戰車士氣高漲。至少對站在貨架上的頭目而言是這樣。

頭目嚷嚷著下達命令，負責推車的數隻小鬼一面抱怨，一面努力推車。

在地上疾駛的車體轉了個大彎，改變方向，再度衝向冒險者。

濺到車身上的肉片及粉末，彷彿在宣言「接下來就輪到你們」。

「哎呀！」

面對可怕的威脅，蜥蜴僧侶在地上滾動，閃過攻擊，興奮地用尾巴拍打地面。

「混沌勢力的軍備還真是不賴！」

被巨大身軀覆蓋住的女神官，努力縮起身子，保護自己。

「不、不好意思。」

她的聲音之所以那麼微弱，想必是在介意自己動作遲緩一事。

就算她累積了不少經驗，有所成長，體能也不可能一下就大幅提升。

儘管如此，她還是頂著被泥土弄髒的纖瘦臉蛋及金髮，定睛凝視小鬼戰車。

「可是，該怎麼做……！」

「無論如何，那都是哥布林。」

哥布林殺手單膝跪地，重整態勢，不屑地說。

「該做的事沒變！」

然而，事情沒有那麼簡單——正確地說，是逐漸複雜化。

從背後傳來的哨聲，告知他河川發生異狀。

「嘖……！」

再怎麼逞強，再怎麼亂來，狀況都不會改變。

而抱怨現狀，也不能提高勝算。

哥布林殺手如此告誡自己，不斷思考。

——該怎麼做？

「你怎麼看？」

「這個嘛……」

小鬼戰車刨著土改變行進方向。蜥蜴僧侶面對它，徐徐起身。

「射將先射馬乃為常規，但那些傢伙背後，似乎有人在出謀劃策。」

沒錯，這是問題之一。

旋轉時會露出來的貨車橫桿——推手們，照理說應該要毫無防備。

從貨架延伸出來的遮蔽物卻覆蓋在小鬼頭上，仔細保護好他們的頭部及背部。

那樣應該會看不見前方，不過有駕駛——該稱之為駕駛嗎？——負責指揮，似乎不成問題。

就算有妖精弓手的曲射，恐怕也不可能從背後或側面除掉推手。

「從正面如何。」

只要多花點時間，方法要多少有多少。不過，這段期間援軍會從背後的河川趕到。

他們擁有的時間是一步，還是兩步棋？蜥蜴僧侶搖搖頭，回應哥布林殺手：

「難說。若貧僧使用『擬龍（Partial Dragon）』神蹟，約五五波。視肌力及敵我重量、對方的速度而定。」

「碰運氣嗎。」哥布林殺手咕噥道。「真不痛快。」

「哎，世間之理應該無一不能用數字闡明。」

印象中這個理論之前也曾聽過。哥布林殺手吐出一口氣。

「側面是……槍（Spike）嗎。」

「哈哈哈，意謂大部分的進攻法，他們都預料到了。」

硬綁在車軸上的長槍伸向側面，以絆倒敵軍。

問題很多。問題——沒錯，問題分成好幾個，雜亂無章，又有重疊之處。

既然如此——

「哥布林殺手先生！」

女神官拚命擠出的聲音，忽然傳入耳中。

聖衣沾滿泥巴的她從地上站起來，手握錫杖，凝視前方。

用不了多久，只要號令一下，改變方向的小鬼戰車又會往這邊衝來吧。

女神官因緊張及恐懼繃緊神情，儘管如此，仍然明白地說出口。

「把問題整理在一起吧！」

「就用那招。」

哥布林殺手點頭。

他有計策。無論何時。無論何地。

§

哥布林戰車長怒罵終於讓戰車轉好方向的愚鈍部下。

真是，這些傢伙動作怎麼這麼慢！萬一獵物逃了怎麼辦？

用不著把戰利品分給他們。隊長最辛苦，獨占戰果是應該的。

前幾天他還覺得那些大人物只會擺架子而已，這個想法如今已被他拋到腦後。

那麼，獵物在————有了。

四處逃竄後，愚蠢的他們似乎主動跑到無路可退的城門前。

看見嬌小的凡人少女害怕地抱著錫杖，戰車長舔了下嘴巴。

——嚇嚇他們好了。

戰車長高興地舉起生鏽的柴刀，一刀砍斷投石機的繩子。

錘子隨著繩子的斷裂聲落下，反作用力導致拋桿發出巨響。

拋桿的形狀像一根巨大湯匙，放在勺子處的石頭一口氣射向空中。

小鬼本來就不可能懂得計算彈道。

劃出拋物線的石頭從少女頭上飛過，轟一聲擊中城牆。

堆高的磚塊因衝擊而產生裂痕，崩塌，碎片四散。

「GOOROGOOROOGG！」

少女「嗚！」一怕得癱坐在地，小鬼戰車長見狀，欣喜若狂地鼓掌。

不枉他祭出了只有一發子彈的投石機。

他利用體重，壓下因為反作用力太大而抬起來的前輪。

之後只要直接讓這輛戰車撞上去，看要壓死還是輾死他們就行了。

光是想像那名少女死前會怎麼哭喊求饒，就令他激動不已。

哥布林戰車長懷著興奮的心情跺腳，激勵部下。

「GGORG！GGOOOROOGGB！」

「GOOROGB！」

這群愚蠢的傢伙一邊抱怨，一邊動腳推動貨車。

直接用力撞上去，女人男人都會被壓成爛泥，是他們贏了。

有這個可怕、厲害的武器在，絕對不會輸給任何人。

──沒錯，哥布林就是這種生物。

滿腦子只想著撲向眼前的獵物，如同因為條件反射而流口水的狗。

完全不會考慮到至今為止有多少同伴被殺，自己說不定會死。

自己是不一樣的。自己很聰明。自己跟那些傢伙不同。自己會一帆風順。

因此──

「『慈悲為懷的地母神呀，請將神聖的光輝，賜予在黑暗中迷途的我等』！」

眩目的光灼燒雙眼的瞬間，他們直到最後都不知道殺進視線範圍內的影子是什麼。

§

「喔喔……！」

女神官的神蹟帶來神聖之光的同時，哥布林殺手拔足狂奔。

從門後踹破門，衝了出來。

綠色的巨大身軀與他擦身而過，從旁撈走少女纖細的身體。

「『喔喔，高尚而惑人的雷龍（Brontos）啊，請賜予我萬人力』！」

藉由「擬龍」加護增強的肌力，關係到身體的瞬間爆發力。

能否阻止戰車得看運氣，但靠速度將她整個人帶離軌道，倒是不成問題。

哥布林殺手則是直線衝向小鬼戰車。

一步、兩步、三步。算準因相對速度而縮短的距離，踩在大地上一躍而起。

「唔……！」

他用力摔在貨架上，戰車幾乎在同一時間穿過門。

哥布林殺手抓住投石機的骨架，以免跌下車，撐起身體。

要在戰車穿過玄關大廳前分出勝負。放在大廳的家具逐漸消失在視線範圍外。

「歐爾克博格!?」

「GOOROGBB!?」

妖精弓手的聲音從樓上傳來，但他沒時間回應。以她的視力肯定看得見。

哥布林殺手伸手摸索插在腰間的短劍，襲向甩著頭、試圖驅散烙印在眼中殘光的小鬼。

「GOROG！」

「你就是……！」

要順勢壓制住對方的話，反手拔劍刺下去比較方便。劍刃直接插進喉嚨。

「第二十五隻！」

他和敵人扭打著——雖說是小鬼，這裡畢竟是搖搖晃晃的車上——轉動劍柄，造成致命傷（Critical Hit）。

小鬼連慘叫聲都發不出，被自己的血嗆到，不斷抽搐。

哥布林將勉強還有呼吸的那隻小鬼舉到自己身上。

「GGOORGB!?」

「GGBG！GGOOROGB！」

尚未發現頭目已死的推手們，在遮蔽物下叫著。誰管他們啊。

「唔，呶……」

哥布林殺手踹了遮蔽物一腳，讓小鬼閉上嘴巴，牢牢抓住貨架邊緣。

下一刻會發生什麼事，只有位在戰車上的他知道得清清楚楚。

車輪咬碎玄關大廳的大理石，衝向前方，立刻遇到阻礙。是牆壁。

哥布林殺手全身受到衝擊，彷彿過去被巨大怪物拿戰槌毆打那時。

身體像趺跤般用力倒向前方，又像被彈開似的彈回原位。

抓住貨架的手臂發出怪聲，感覺到背在身上的小鬼屍體撞在硬物上。

高。

「GGORBBG!?」

「GBBG！GOORGBB!?」

在遮蔽物後的哥布林發現異狀，齊聲哀號，可惜為時已晚。

衝擊過後感覺到的是短暫的滯空感。接著是拂過身邊的冰冷夜風。

戰車上的投石機被震得垮下來，一面解體、一面撞上宅邸的牆壁，飛到空中。

掉到——不能稱之為著地——河堤前的那幾秒，感覺起來特別漫長。

「唔……！」

彷彿被人砸在地上的衝擊，令哥布林殺手的身體用力彈起。

他沒騎過悍馬，原來會被甩得這麼厲害嗎？

落地時好一點是摔在地上，慘一點是車輪前，勾到旁邊那些長槍的可能性也很高。

哥布林殺手的注意力全放在不能把手鬆開，調整呼吸。

「GBBOGB!?GOGGG!?」

「GOOROGGB！」

哥布林推手們也一樣，不能放手，只能乖乖被戰車拉過去。

無論如何，結局很快就會來臨。

戰車因為下坡的關係加快墜落速度，目的地是夜晚昏暗冰冷的河川。

那裡有著正在往上開的小鬼船團。

「GORGB!?」

「GOOOROOGBB!?」

在船上應付從宅邸射來的箭的哥布林們見狀，不曉得在嚷嚷什麼。

肯定是「那啥!?」或「有東西過來了!?」之類的怒罵。

下一刻，戰車的重量及速度宛如巨大的戰鎚，自側面敲擊船身。

「嗚……！」

連哥布林殺手本人都不清楚，自己現在是什麼樣的姿勢。

戰車車輪陷進甲板，在整艘船的正中央開了個大洞，直接貫穿過去。

那——已經不能說是戰車和船。只是等著化為木屑的廢材。

落水瞬間，哥布林殺手只有穿破一層白色物體的錯覺。

大腦立刻理解自己掉進又重又黏的東西中，反射性揮動四肢。

卻無法逃離。

水精毫不留情地抓住他的腳，將他往下拖，頭上是——沒錯，戰車的殘骸正在覆蓋下來。

「GOBOO！？！？」

「GOOGRBB!?」

小鬼們口吐泡沫，拚命敲打貨架，戰車卻不可能因此移動。

不久後他們就會斷氣、沉入水底吧。哥布林殺手確認後，踢了下底部。

沒錯，深深下沉，再往水底踢——就算雙手被綁著，一樣能游泳。

何況他的右手，戴著能在水中呼吸的戒指。

儘管燈消失已久，戒指蘊含的魔力依然沒變。沉入水中也無須慌張。

哥布林殺手頭部冒出水面，鐵盔不停滴水。

「——……呼！」

他像在喘息般，張大嘴巴吸入空氣。是不帶魔力，初夏潮溼的空氣。

「GOOROGB！」

「GOGB!?GOORGB!?」

望向兩側，戰車撞上的好像是三艘船裡正中間的那艘。

徹底變形的船身吱嘎作響，斷成兩截，用力撞上前後的船。

好奇發生什麼事而跑到甲板的小鬼，驚慌失措地尖叫著。

然而——木已成舟。

哥布林們以為只要坐在戰車、軍艦上就會贏。

想都沒想過「萬一輸了」、「萬一船要沉了」這種事，會發生在自己身上。

他們爭先恐後地推擠著，想從甲板逃出去，擠成一團。

就算跳進河裡——也會撞上船隻殘骸，被夾在中間壓爛吧。

「……不過。」

哥布林殺手亦然。

他思考著要靠戒指的力量潛入水中躲開，還是要想辦法爬上岸——

「歐爾克博格，給我看清楚！」

嘹亮的聲音向他伸出援手。

瞄準好目標的樹芽箭，刺中近在眼前的木板。

看見繫在箭柄上的繩索，哥布林殺手毫不猶豫抓住它。

「真是，嚙切丸還是一樣亂來啊……！」

末端延伸至岸上——雙腿穩穩踩在地上的礦人道士手中。

妖精弓手使勁抱著他的腰，以免這名礦人被拖下河。

兩名夥伴拉著繩子，後面是滿身汙泥、正在往這邊跑過來的女神官。

看見一臉滿足的蜥蜴僧侶，他深深吁出一口氣。

「撞上船團，不在計算範圍內。」他的聲音，不曉得有沒有傳到大家耳中。

「來，嚙切丸！抓緊囉！」

「嗯。」他點頭。「不好意思，麻煩了。」

「什麼話，眼看朋友快要溺水，要嘛拉上來要嘛一起沉下去，才是礦人的作風。」

「喂，拜託不要喔！」

妖精弓手立刻尖叫，女神官苦笑著說「我來幫忙」，伸出手。

連蜥蜴僧侶都「嘿唷！」加入其中，他覺得什麼都不必擔心了。

「──不必擔心？」

哥布林殺手不敢相信自己會這麼想，在鐵盔底下喃喃自語。

回頭一看，哥布林的船團瓦解、沉入水中的模樣，在黑夜中仍清晰可見。

這樣就達成委託了吧。殺光哥布林了。

即使有倖存下來的，等他們上岸就能清乾淨。這樣就結束了。照理說。

沒有一件事是可以確信的。

恐怕從十年前──從第一年，那件守護村莊的剿滅小鬼委託起，就一直是這樣。

自己真的成功守住了宅邸嗎？

成功排除葡萄修女的憂慮了嗎？

與小鬼的戰鬥會持續到何時？

自己做到了什麼？他以為自己能做到什麼？

他思考著自己在這起事件中的任務。

接著思考是否有順利達成。

想不通。

他只知道自己緊緊握住的這條繩子的另一端，有夥伴在。

「真是。」

哥布林殺手不曉得嘆了第幾口氣，重新握好繩索。

「剿滅哥布林，遠比這簡單多了。」

間章

「眾人拚命奮戰的故事」

「要做的事——太多了……！」

妖術師拎著衣服下襬，哀號著在森林裡跑來跑去。

認為施法者派不上用場的傢伙，連冒險者都稱不上。

那些人沒聽過那位妖術師與寶冠的偉業，沒聽過灰色之人的探索行，也沒聽過如灰鷹般的術士。

——不過，他們都一樣也很擅長使劍……！

「呃，那邊的孩子們退下！你們靠太前面了！不要命了嗎!?」

「啊，對、對不起……！」

大概是忍不住關心起同伴的狀況，她對過於接近前線的新手怒吼。

就算施法者必須掌握整體戰況，看準時機使用法術，也該有個限度吧。

只因為委託是保護地母神寺院，就與匆匆跑來的新手，根本靠不住。

連他們嚇得發抖、急忙後退的樣子都令人火大，妖術師哼了一聲。

Goblin Slayer

He does not let anyone roll the dice.

畢竟她正努力維持力場，抵禦往這邊衝過來的蠍獅。

焦躁會妨礙精神集中，但她實在控制不住，不能怪她。

「喂，你剛才不是說會負責照顧新人嗎……！」

眼看蠍獅用鉤爪抓著牆壁，妖術師皺眉對同伴僧侶抱怨。

「哎呀。」

僧侶還是老樣子，一臉操勞成性的模樣，板起臉撫摸頭髮沒剃乾淨的腦袋。

「不能怪我吧，若要保留解毒用的神蹟，治療傷勢也得花上一些時間。」

數名全身纏著繃帶的冒險者，正躺在僧侶周圍呻吟。

他負責的是幫在前線受傷的新手們治療。故這句話說得有道理。

道理是有，但那些連藥都沒帶就來冒險的人，大可放著讓他們去死吧——她將這句話吞回口中。

妖術師也明白，不可跨越那條界線。

再說沒辦法，魔法書之類的東西實在太貴了。回想起自己的新手時期，她實在沒資格說別人。

——還不都是因為明明是軍事機密，還讓它流到異國的黑市去！

妖術師將百分之百正當的怒氣，發洩在遠方的祖國上，焦躁地咬住大拇指指甲。

「喂，這樣很難看。」

「囉嗦！」她歇斯底里地大叫。「欸，那邊還沒搞定嗎!?」

「閉嘴啦！我也在努力啊！」

戰斧手怒吼回去，舉起斧頭劈向近在眼前的可怕亡者融合體。

真是，這些怪物令人懷疑起混沌勢力的品味。

將複數死者縫合，手腳都各有好幾對，真正意義上的三頭六臂。

他們蠢動著噴出不明瘴氣，揮舞手臂襲擊而來。

戰斧手好不容易閃過飛濺的腐液，和其他冒險者聯手，繼續戰鬥。

「哇！好噁！好恐怖！」

嘴上哀哀叫著，卻仍在與怪物纏鬥的，是不停揮動棍棒與劍的一位戰士系少年。

雖然這種戰法不太常見，拚命抵擋怪物這點值得嘉許。

站在後方緊張地舉著天秤劍，持續瞄準目標的少女也不壞。

「你再不快點解決，我到底要維持『力場（Force Field）』到什麼時候!?」

「不知道！」

聽見這不負責任的回應，妖術師忍住回罵「笨蛋！」的衝動，將注意力放在法術上。

畢竟那些可疑的屍體怪物好像有毒。

除此之外還有蠍獅。這當然也有毒。

不如說偵測出敵人有毒、並告知夥伴，是擁有知識的魔法師的職責。

——但，也有連老虎都不認識的魔法師存在……

大多都得先從蠍獅是什麼樣的生物開始說明，這點令她格外火大。

擁有老人的頭、獅子身體、蠍子尾巴，有智慧的魔獸，這不是常識嗎？

解釋清楚後，他們也會說無法同時對付兩隻有毒的敵人，要求魔法師處理另一隻。

什麼叫魔法師很弱派不上用場啊。講什麼屁話！

就算她如此怒吼，回應她的也只有蠍獅意義不明的咆哮。

「喔呀？」

因此，在後面嚼軍糧的兔人這句話，觸怒了妖術師。

毛色白褐夾雜的她一副很癢的樣子抓著毛，納悶地晃動長耳：

「那位小哥一直在後面磨磨蹭蹭的，不曉得怎麼哩。」

「什麼？」

出聲的是砍斷亡者手臂——不知為何有好幾隻——的戰斧手。

他把斧頭扛在肩上，「這邊交給你了！」「咦咦咦!?」丟下一句話給少年，大步退後。

喘著氣接近躲在陰影底下，鬼鬼祟祟的冒險者。

「喂！現在這麼缺人手，你杵在這幹麼!?」

「唔……」

那名男性一瞬間露出因為被人叫住而感到不快的表情，接著笑道：

「不是啦，我肚子突然有點痛起來……」

「肚子痛!?」

「糟糕。」

僧侶彷彿在伺機而動，站起身。

「那些亡者可能會散播病毒。萬一感染就糟了，因為得花治療費……！」

在兩人背後勉強維持著防線的少年，和少女一同發出悲鳴。

兔人獵兵「這樣下去不行啊」急忙衝過去，開始支援。

這起寺院的委託挺划算的，但如果得花錢治病，就本末倒置了。

僧侶無視下級冒險者由喜到憂的心境轉折，雀躍地拿著袋子走過去。

「我來幫你看看。別擔心，費用很便宜。森人(Elf)用的腹痛藥在……」

「……森人？」

戰斧手眼前的長耳晃了下。不過，識別牌上刻的種族名卻是凡人(Hume)。

「你這混帳怎麼看都是假貨吧！」

不曉得是撿來的還是偽造的，總之身分證的精度（Rating）非常低。

面對朝他撲來的戰斧手，那名混進守軍的男人嘖了一聲，用力往後跳。

「嘖！如果能把牧場搞到手，我也用不著這麼累……！」

男人擦著臉拔出短劍，不曉得要做什麼，但對妖術師來說，這一點都不重要。

對她而言，重要的是觀察戰況、維持立場、算準法術的使用時機。

那些亡者就算了，蠍獅也會使用法術，既然如此，針對法術的防禦也是必要的。

她在腦海中確認今天用了幾次法術、還能使用幾次，以免念出不存在的咒文。

要幫忙照顧後面那些今年剛當上冒險者的人固然麻煩，這也無可奈何。

啊啊，對了，明明有傷患，僧侶到底在幹麼啊？那些人也要我負責治療嗎？

是說戰斧手又跑哪去了，竟然把擔任前鋒的那些孩子丟在那邊，真的是。

喀鏘喀鏘。嘎吱嘎吱。啊啊——哇哇——吼嚕嚕嚕嚕——

「——啊啊，有夠煩！吵死人啦——！」

下個瞬間，雷擊（ZAP）聲響徹四方，被閃電擊中的男人，腦袋宛如成熟的果實般彈飛。

「特尼特爾斯（雷電）……歐利恩斯（發生）……雅克塔（投射）」。

扭曲成異樣角度的雷霆從指尖射出，直線貫穿頭蓋骨。
突然於眼前炸裂的血腥景象，令眾人啞口無言。連那群怪物都不例外。
妖術師喘著粗氣，肩膀上下起伏，瞪向四面八方的冒險者。
她沒發現他們下意識退後一步，踩在血泊上。
「欸，我搞不清楚狀況所以乾脆先殺了他，沒問題吧!?」
眾人紛紛點頭。妖術師怒吼道：「那就給我回到自己的崗位！」
——要做的事太多了，求你們放過我！
妖術師如此吶喊，回頭維持「立場」，沒人敢對她有意見。
他們自然無從得知，那名**闇人**是散播地母神負面傳聞的黑手。

§

「地母神寺院那邊，好像也開始了……！」
「是嗎！」
重劍士揮舞大劍，確認少女巫術師透過使魔得知的情報。
——不，說那是使魔她會生氣。
她會說她只是拜託森林的動物幫忙，並非使喚他們。

他邊想邊拿**闊劍**砍向魔神(Demon)的先鋒部隊。

一刀就將兩、三隻一分為二，血肉從現世消散至靈界。

下級魔神(Lesser Demon)同樣是可畏的魔神。

十幾、二十幾隻的低階魔神，團團包圍踏進地下靈廟的冒險者。

其中還參雜疑似首腦的上級魔神(Greater Demon)。

不曉得該不該慶幸至少沒有赫赫有名的高級(Arch)在——

「DDAAAAEEMOOONNNNN！」

「喔喔！」

羊頭魔神大聲咆哮，重戰士怒吼回去，拖著步伐測量距離。

——受不了，這群混沌勢力喔……！

「就那麼想喝地母神的酒嗎！」

長槍手飛奔而出，閃過羊頭魔神揮下的牛刀，刺出長槍。

他的魔槍以毫釐之差擦過敵人的刀刃，速度絲毫不減，貫穿魔神的咽喉。

「DDDEEEEEEAAAMMMOOON！」

然而，魔神之所以為魔神，關鍵在於他們的生命力。

插著槍的喉嚨，肉在轉眼間膨脹起來，傷口逐漸癒合。

惡魔用粗壯的手臂抓住槍，試圖拔出槍尖，長槍手則握緊自己的武器，與之對峙。

臉上帶著毫不懷疑自己會獲勝的無畏笑容。

「那、是……豐穰的……供、品……」

這時，撕裂空間的超次元暴風掠過空中。

舉起手杖，朗誦咒文的，是他的夥伴魔女。

「玷汙……它的話……一整年，都……不會有……任何，收穫……唷。」

魔力在地下靈廟盤踞，天花板下方竟冒出雲朵。

「『卡耶魯姆（天）……艾歌（己）……歐菲羅（賦予）』。」

混雜冰雹和霰的猛烈暴風雪忽然吹起。

魔神們瞬間全身結霜，染上純白，結凍，被冰雹擊中，碎裂。

長槍手嘀咕著「可怕喔」，重戰士也有同感。不過——

——不過，戰況還是一進一退。

他們殺進企圖玷汙地母神神酒的邪教根據地，卻遇到這種事。

一行人被源源不絕的魔神阻擋，完全無法抵達最深處。

——雖然大主教（Archbishop）說過沒關係。

「嘿，你那邊狀況如何？」

「挺嚴峻的。」

半森人劍士悠哉回答。他正和少年斥候一同四處游走，擾亂其他魔神。

沒錯，這裡並不只有他們。

當然不能因此就懈怠、放水，但也沒必要著急、緊張。

例如，大名鼎鼎的惡魔殺手團隊就在對面奮戰。

微胖的術師投射力箭（Magic Missile），女劍士和聖騎士揮下長劍，治療師的單筒也噴出火焰。

「DDAAEEMMONN……！」

然而，每一擊都無法造成致命傷。

襲向冒險者的，是異形——雖然每隻魔神都是異形——上級魔神（Greater Demon）。

乍看之下像肌膚蒼白、手拿長柄騎槍（Lance）的美麗女戰士。

緊致的身體穿著裸露度高的鎧甲，煽情地露出肢體。

然而，這句話應該只夠形容她的一半。

「DDDDDEEEEMMMOOONNDD……！」

女魔神妖豔地不停輕笑，下半身是巨大的蜘蛛。

不祥、邪惡，長著腺毛與刺，顏色駭人的好幾隻腳在蠢動著。

不，仔細一算，兩隻人手加上六隻腳，共計八隻——

看了會讓人懷疑自己精神是否正常的半蟲半魔。她似乎就是這座靈廟的指揮官。

「好，那傢伙由我負責！」

女騎士喜孜孜地衝上前。戴著頭盔，全副武裝。

蟲惡魔見狀，像在嘲弄她似的笑出聲來，舞動著腳擺出突擊姿勢。

「喂，別大意喔？」

「我知道。放心，我也要在這立下一筆功勳，取得聖騎士的資格……！」

看來惡魔殺手的團隊中有聖騎士這點，強烈刺激到她的自尊心。

女騎士無視重戰士傻眼的表情，扔掉盾牌，雙手握緊十字劍。

「放馬過來！」

在她吶喊同時，蟲惡魔的六隻腳喀吵喀吵上下移動，飛快朝她奔近。

那迅速又靈活的動作，連被譽為人馬合一的有名騎士都不可能追上！

這也理所當然，因為她們是真正意義上的一心同體，騎槍以猛烈的速度刺出。

衝擊伴隨魔神巨大身軀的重量，連南方的巨獸都能一槍打倒。

區區徒步的冒險者吃下這招，光是屍骸五體完整都稱得上幸運。

然而，雙方擦身而過的一剎那，女騎士輕鬆側過身子。

以行雲流水的動作將低持的劍往上一挑，與槍尖重合。

聽見了摩擦聲——似乎。女騎士的鐵靴擦出白煙。

趾尖刮著靈廟的地板、從她身旁跑過的魔神，已然少了上半身。

從下方被斜斜砍成兩半，手持騎槍的女性身體，帶著得意的笑容飛到空中。

骯髒血液如驟雨般從天而降，女騎士的頭盔鏘一聲掉到地上。

重戰士推測她應該是趁擦身而過之際，利用敵人自身的速度將其砍成兩半，吐出一口氣。

——相處了這麼久，就只有這招我看不見……

問過好幾次，她卻總是得意地回答「祕劍不外傳」。

重戰士連她是在哪、如何學到的都不曉得，更遑論個中原理。

但她之前喝醉時說溜嘴過，那是古老——非常古老，已經被人遺忘的劍技。

「這就是所謂的因果報應吧。話說回來，唉……」

重戰士親手幫她綁好的頭髮從頭盔底下露出，一滴血自額頭滑落，她若無其事地說。

「竟然乖乖被我挑釁從正面突擊，真是蠢到有剩。」

「妳就是這樣才當不上喔。」

§

「……妳還真能忍。」

「這個嘛，只要我衝進去『轟——』一下就能贏，不如說取勝就是我的任務，不過——」

勇者如同一道光，在邊境土塚山地下深處的迷宮裡飛奔，一面回應賢者。

手握聖劍，身穿魔法鎧甲，還帶著夥伴施的眾多強化法術及加護。

綠色外衣和鐵槍的打扮雖然也不錯，她果然還是習慣這樣穿。

「我又不知道要去哪裡、該怎麼走。」

——真的是，一堆麻煩。

不久前，還只要搞定那個什麼魔神王，調查邪教的企圖，攻入其據點即可。

現在卻牽扯上政治、複雜的內情、陰謀這些東西。

別管那麼多，直接殺進去不就得了——她也這麼想過。

但夥伴說「不可以」。

倘若無視人世之理，就代表將會成為被人世排斥的存在。

既然大家都願意喜歡這樣的她，就該相信大家，把能交付出去的事交給他們。

沒必要獨自面對所有問題。因為世界並非憑她的一己之力旋轉。
認識的人、不認識的人、好人、壞人，大家都在拚命活著。
例如這座十塚山，也是不知道哪位冒險者剿滅小鬼時順便回報的。
消息傳到大主教耳中，是因為有冒險者公會的人幫忙。
變成這麼大規模的討伐戰，事先做好準備的，是商人或其他人吧。
為此提供資金的是國王陛下，繳稅的是全國人民。
到了上戰場的時候，幫忙吸引各種敵人的是其他冒險者。
此時此刻，勇者在不知名的人為她開闢的道路上全速奔跑。
因此，她雖然覺得麻煩——
——這樣大概，非常幸福吧。
「……嘿嘿。」
「怎麼突然笑起來？」
「沒事，沒什麼！」
勇者對擔任前鋒、魔神一進入攻擊範圍就會搶先解決掉他們的劍聖搖頭。
引來亡者、呼喚惡魔、與商人勾結，真正目的是在地下舉行邪惡儀式。
企圖玷汙地母神神酒的邪教。此刻正是擊潰他們的絕佳機會。
萬一她們輸掉，今後一整年，或許更久之後也是，西方邊境的大地想必會陷入貧瘠狀態。

沒道理放過這個機會，她也不打算放過。勇者不能輸。一直都是如此。

「接著往右。直走，在第三個彎道左轉。」

「嗯！」

使用法術提升速度的賢者顯得有點喘，為她指路。

用「轉移（Gate）」卷軸會輕鬆許多，但有結界妨礙而無法這麼做。

她可不想無意間掉進次元的縫隙，回來後發現已經過了一百年。

勇者乃拯救世界之人。身為勇者的原因不是能拯救世界，而是試圖拯救世界。

——救得了嗎？如果被人這麼問，倒是有點沒自信就是了。

自己做得到的事並沒有多厲害。但她有重要的同伴，這個世界上有許許多多的人。所以——必須拯救世界，而且大概總會有辦法，她如此相信。

「最裡面有扇門！要衝進去嗎！」

「冒險者的傳統就是破門而入（Kick Open）！」

「哪有這種傳統。」

——好了，剩下就是一如往常的大決戰（Climax Phase）。

勇者吶喊一聲，跳進邪惡陣營的正中央，以太陽般的爆炸貫穿黑暗的地底深處。

第6章 『不愛酒與女人與歌之人』

祭典是值得慶祝的日子。

熱鬧的音樂滿溢空間，人人都上街沉浸其中。

儘管應該不是沒有對此反感的人——祭典依舊是值得慶祝的日子。

邊境之鎮增添了一些活力，地母神寺院也不例外。

「來來來，各位！要開始踩葡萄囉——！」

神官們的呼喚令觀眾歡呼出聲，聚集而來。

踩爛早摘的葡萄，讓秋天可以釀出好葡萄酒的祭典。

雖然是神聖的儀式，也有人因為能看見年輕女孩的裸足而喜悅。

也有人單純只是想喝葡萄酒，拿祭典當藉口到處狂吃。

也有人覺得好奇，只是來參觀的——一切都能得到允許，那就是祭典。

之前還在對傳聞議論紛紛的人們，如今也態度驟變，樂在其中。

侍奉地母神的神官也完全不介意。

——肯定是件好事。

離人潮有段距離的地方，哥布林殺手心不在焉地想。

為了避開刺眼的陽光，他坐在樹蔭下靠著樹幹，望向光明處。

冒險者幫忙解決了前幾天的大騷動，所以今天也招待了許多冒險者。

身為其中一員，哥布林殺手也有接獲邀請。他本想拒絕，不過——

『如果你願意來，我會很高興的……！』

他輸給女神官的氣勢，不小心答應了，總不能爽約。

然而，來是來了，哥布林殺手不曉得要怎麼享受祭典。

「怎麼？你已經喝醉啦？」

忽然有人向他搭話，他慢慢轉頭。

「嗨。」

是舉起單手打招呼，站在不遠處的葡萄修女。

她穿的不是平常的修女服，而是為了踩葡萄特地挑選的胭脂色禮服。

哥布林殺手沉思片刻，搖頭表示否定：

「我不太喝酒。」

「竟然不知道如何飲酒享樂，你這輩子虧大了喔。」

他的回應很冷淡，葡萄修女卻愉悅地笑了。

「難怪你看起來不怎麼開心。」

「不……」

哥布林殺手想了一下，鐵盔面向祭典的景色。

魔女正在對想看神官踩葡萄的長槍手訓話。

女騎士身穿便服，單手拿著酒杯，臉已經紅了，纏著重戰士滔滔不絕地開口。

年輕男孩被神官的模樣迷住，少女們一臉「所以說男生就是這樣」的無奈表情。

由於是山下的祭典，白兔獵兵非常興奮，但她太會掉毛了，只能放棄踩葡萄。

在對面的攤販前沉吟的獸人女侍帶著工房學徒，似乎沉迷於逛祭典中。

牧場主人不曉得是否提供了食材，正在與地母神的神官長交談。

公會職員跟監督官好像也放假，穿著便服混在人群中。

蜥蜴僧侶和礦人道士兩人正在大吃大喝，熱鬧得不得了——……

「……我想我……並不會不開心。」

「這樣啊。」

——那就好。

葡萄修女說道，靠到他倚著的那棵樹上。

他往那個方向瞥過去，她害羞地搔著臉頰，咕噥道：

「……真的，各方面都很感謝你。」

「……我什麼都沒做。」

葡萄修女聞言，移動視線，他知道她在看這邊。

「這是在謙虛嗎？」

語氣有點尖銳。雖然哥布林殺手無法理解其中的情緒。

「不，是事實。我——……」

他沉默了一會兒，在腦中思考該如何表達。

「只有殺掉哥布林而已。」

結果，他想不到適當的說法，脫口而出的是一如往常的淡漠話語。

葡萄修女聞言，閉上嘴，低下頭。

一陣風拂過，吹得樹梢窸窸窣窣。樹葉的摩擦聲聽起來格外響亮。

「……這樣的話，果然還是得向你道謝……吧。」

不久後，她終於輕聲開口。

這讓人覺得，葡萄修女一定也沒想到適當的說法。

「是嗎。」

「是啊。」

因此兩人點點頭，關於一連串騷動的對話就這樣劃下句點。

過沒多久，葡萄修女說「我還得去找其他人」，離開了。

哥布林殺手點頭回答「嗯」，目送她離去。

他用視線跟著她的身影，葡萄修女小步跑向一名穿著高貴的青年。是酒商之子。

他面容憔悴，卻依然保有霸氣，不知道在跟葡萄修女說什麼。

葡萄修女看起來也很困惑，但她並未表現出敵意，甚至帶著笑容。

——那麼，這樣就行了吧。

不管他倆今後會談論什麼話題、建立什麼樣的關係。

聽說那名酒商也開始以「小鬼遭驅逐的夏之酒」當宣傳詞。

該說他很有做生意的氣魄，還是說商人就該這樣呢……

哥布林殺手想了想，決定放棄思考。

不管怎樣，無論如何，人都會向前邁進，既然如此，就該肯定這個行為。

凡事都要看「做」還是「不做」。師父講過很多次。

——這次的事件，師父聽了肯定也會對他怒吼，痛揍他一頓……

「……做到了、嗎。」

「什麼東西？」

這次他感覺到有人走過來。

哥布林殺手抬頭望向他的青梅竹馬——從背後繞到前面的少女。

她看起來雀躍不已，身穿跟葡萄修女一樣的胭脂色禮服。

「噢，這個呀？」她拎著裙襬，晃了下裙子給他看。

裙子被風吹得膨起，做工相當精細，連他都一眼就看得出來。

「呵呵，我也有受到邀請，所以換上了這套衣服看看。怎麼樣？」

「不知道。」

哥布林殺手說。完全是他的真心話。

女性的衣服好不好看，怎麼想都是與他最無緣的事。

「我認為不壞。」

然而，他煩惱過後得出的答案，似乎符合了她的期待。

她笑咪咪地說道「是嗎是嗎」，在原地轉了好幾圈。

「……我很少有機會穿這種衣服，真的會忍不住興奮起來。」

神官們之所以情緒那麼高漲，原因說不定也在於此。

仔細想想，女神官平時也大多是穿神官服，要是都待在寺院的話——……

「欸。」

「什麼事。」

她在他身旁坐下。

隔著鎧甲，彷彿也感覺得到她的體溫近在咫尺。

「之前……提到結婚的事。」

「……啊啊。」

哥布林殺手點頭。

點頭，低聲沉吟。他還是老樣子，不明白該怎麼說才好。

「問題很多吧。」

因此，他終於開口後，她「嗯」了一聲，用跟小時候一樣的動作點頭。

「……是嗎。」

聲音很小。不知為何，他想起很久以前，兩人吵架時的對話。

「……我只會把眼前的問題，一件一件解決。」

過了五年，之後又過了兩年，好像有什麼東西改變了——結果就是這樣。

自己做了什麼？也許連產生這個疑問，都顯得不自量力。

「可是。」

他身旁的她笑了，用明亮的聲音說道：

「只要一件一件解決，遲早會統統解決完吧。」

「……是嗎？」

「對呀。」

她似乎發自內心這麼相信。語氣不帶一絲迷惘，斬釘截鐵。

哥布林殺手透過枝葉的縫隙仰望天空。又藍，又白，耀眼的天空。

「……是嗎。」

「嗯。」

她輕輕地點頭，靠反作用力「嘿咻！」一口氣站起來。

然後拍拍手，撥掉沾到裙子上的草，面向哥布林殺手：

「那我要去踩葡萄了——你要來看嗎？」

他想了一下，點頭回答「好」。她揮手說道「我等你」。

踏著輕盈的腳步在草地上奔跑，往裝滿葡萄的大桶前進。

前方的女神官、妖精弓手、櫃檯小姐，也穿著不習慣的衣服開心地踩著葡萄。

一串串的葡萄　乃吉祥之物

豐饒的山丘上　繁花萌芽

新翅飄舞於空中　秋天的滿月

是地母神大人　胸前的裝飾

百花齊放　若能結實纍纍

便與所愛之人　共度兩宿星夜
黎明的鐘聲　森林中的飛鳥
地母神大人的玉指　輕輕撫過

又甜又苦的　那一滴
是於心中亮起的　燈火
雙月與　夜空中流轉的繁星
是地母神大人的　幸福之詩

少女們放聲嬉戲、歡笑，唱著歌踩葡萄，釀酒。

今年一定能釀出很好的葡萄酒。他沒來由地這麼覺得。

哥布林殺手看著這一幕，緩緩起身，邁步而出。

若今天是值得慶祝的日子——此刻就別去想其他事了吧。

後記

大家好，我是蝸牛くも！

哥布林殺手第十集，大家還喜歡嗎？

這次有出現哥布林，是哥布林殺手剿滅哥布林的故事。

集數終於邁入二位數，所以我寫得很努力，如果各位看得開心就太好了。

輕小說的集數邁入二位數，看起來很輕鬆，換成D&D版本的話可是粉厲害的領域呢。

我終於也從英雄級晉升成傳說級了。不過神話級是從二十一級開始。恐怖喔。

是說全速狂奔了半年左右，不知不覺出了第十集，終於有種沒東西可寫之感。

哎呀，畢竟我幾乎每個月都在寫後記。半年來各位應該也看了五篇後記。

沒看那麼多篇？原來如此，想不到你是這種人……！

閒話休題（回歸正題）。

這次也因為許多人的幫助，順利出了書。

創作方面的朋友們、遊戲方面的朋友們。統整網站的管理員。
繪製漫畫版的老師們。出版社的職員。
通路、販賣、宣傳的所有人。各位讀者。
真的很感謝大家一直以來的關照。
我之前聽人說過，如果要在寫謝辭時把感謝的對象全部列出來，不是該感謝宇宙大爆炸嗎？
因此我也想向大爆炸說聲謝謝。各位，你們跟大爆炸同等級喔！
那麼，這次是這樣的故事，我還是一樣只寫自己喜歡的要素。
都市冒險很有趣，害我動不動就忍不住去暗影中狂奔一下，哎呀。
那麼，下一集會有哥布林，我預計要寫哥布林殺手剿滅哥布林的故事。
場景大概會在沙漠，不過一切都還是未定數，所以不好說。
冒險者果然很適合沙漠。傳說的冒險家也是在沙漠。我得去一次看看。
一旦講出這種話，大概會像雪山一樣去個兩次吧。呵呵，好可怕。
總之就是這樣，希望下一集也能讓大家看得高興。
那麼再會。

國家圖書館出版品預行編目資料

GOBLIN SLAYER!哥布林殺手10 / 蝸牛くも作；
Runoka譯. -- 初版. -- 臺北市：尖端,
2020. 07-
冊；　公分
譯自：ゴブリンスレイヤー10

ISBN 978-957-10-8980-5 (第10冊：平裝)

861.57　　109006592

浮文字
GOBLIN SLAYER 哥布林殺手10
（原名：ゴブリンスレイヤー #10）

著　者／蝸牛くも　封面插畫／神奈月昇　譯　者／Runoka
發 行 人／黃鎮隆　副總經理／陳君平　企劃宣傳／邱小祐、劉宜蓉
副　理／洪琇菁　國際版權／黃令歡、李子琪
執行編輯／曾鈺淳　美術編輯／陳又荻
內文校潤／梁瓏　內文排版／謝青秀

出　版／城邦文化事業股份有限公司 尖端出版
台北市中山區民生東路二段一四一號十樓
電話：（〇二）二五〇〇－七六〇〇
傳真：（〇二）二五〇〇－二六八三
E-mail：7novels@mail2.spp.com.tw

發　行／英屬蓋曼群島商家庭傳媒股份有限公司城邦分公司 尖端出版
台北市中山區民生東路二段一四一號十樓
電話：（〇二）二五〇〇－七六〇〇（代表號）
傳真：（〇二）二五〇〇－一九七九

中彰投以北經銷／楨彥有限公司（含宜花東）
電話：（〇二）八九一九－三三六九
傳真：（〇二）八九一四－五五二四

雲嘉經銷／智豐圖書有限公司 嘉義公司
電話：（〇五）二三三－三八五二
傳真：（〇五）二三三－三八六三
客服專線：〇八〇〇－〇二八－〇二八

南部經銷／智豐圖書有限公司 高雄公司
電話：（〇七）三七三－〇〇七九
傳真：（〇七）三七三－〇〇八七

一代匯集／香港九龍旺角塘尾道六十四號龍駒企業大廈十樓B&D室
電話：（八五二）二七八三－八一〇二
傳真：（八五二）二五八二－一五二九
E-mail：hkcite@biznetvigator.com

新馬經銷／城邦（馬新）出版集團Cite（M）Sdn. Bhd.
E-mail：cite@cite.com.my

法律顧問／王子文律師　元禾法律事務所
台北市羅斯福路三段三十七號十五樓

二〇二〇年七月一版一刷

■中文版■

郵購注意事項：
1.填妥劃撥單資料：帳號：50003021戶名：英屬蓋曼群島商家庭傳媒(股)公司城邦分公司。2.通信欄內註明訂購書名與冊數。3.劃撥金額低於500元，請加附掛號郵資50元。如劃撥日起 10～14日，仍未收到書時，請洽劃撥組。劃撥專線TEL：(03)312-4212 ・ FAX：(03)322-4621。E-mail：marketing@spp.com.tw